불량엄마
굴욕사건

Res Judicata by Vicki Grant, Orca Book Publishers

Copyright ⓒ 2008 Vicki Grant
Korean translation copyright ⓒ 2012 Mirae Media & Books, Co.
This Korean edition published by arrangement with Orca Book Publishers c/o
Transatlantic Literary Agency Inc., Canada
through Yu Ri Jang Literary Agency, Korea.

이 책의 한국어판 저작권은 유리장 에이전시를 통해 저작권자와 독점 계약한 미래M&B에 있습니다.
신 저작권법에 의해 한국 내에서 보호를 받는 저작물이므로 무단 전재와 무단 복제를 금합니다.

불량엄마 굴욕사건

Res Judicata

비키 그랜트 지음 :: 이도영 옮김

미래인

불량엄마
굴욕사건

1판 1쇄 발행 2012년 2월 15일
1판 3쇄 발행 2016년 5월 15일

지은이 비키 그랜트 **옮긴이** 이도영 **펴낸이** 박혜숙 **펴낸곳** 미래M&B
책임편집 황인석 **디자인** 이정하
총괄이사 이도영 **영업관리** 장동환, 김대성, 김하연
등록 1993년 1월 8일(제10-772호) **주소** 서울시 마포구 서교동 464-41 미진빌딩 2층
전화 02-562-1800(대표) **팩스** 02-562-1885(대표)
전자우편 mirae@miraemnb.com **홈페이지** www.miraeinbooks.com
ISBN 978-89-8394-685-0 03840

값 9,500원

*잘못 만들어진 책은 구입처에서 바꾸어 드립니다.
*미래인은 미래M&B가 만든 단행본 브랜드입니다.

세계가 망하더라도 정의는 행해져야 한다.
— 임마누엘 칸트

차례

1장 기결사건 … 9

2장 진술서 … 12

3장 평온권 방해 … 27

4장 아동노동법 … 32

5장 과실치사 … 42

6장 기소 … 47

7장 법정모욕 … 53

8장 무고 … 60

9장 보상(금) … 73

10장 불합리한 추론 … 80

11장 소환장 … 84

12장 배회 … 90

13장 체포 … 94

14장 피해자 의견 진술서 … 103

15장 입증 … 110

16장 폭행 … 119

17장 절도 … 123

18장 정황증거 … 132

19장 항소 … 135

20장 퇴거명령 … 144

21장 사기 … 152

22장 도청 … 160

23장 협박 … 163

24장 사기꾼 … 168

25장 탐문 … 171

26장 주거침입 … 176

27장 지명수배 … 182

28장 검사 … 190

29장 스토킹 … 198

30장 특허 … 199

31장 유익성 … 215

32장 수색영장 … 218

33장 가명 … 221

34장 살인미수 … 224

35장 일사부재리 … 227

36장 구타 … 233

37장 정상참작사유 … 236

38장 범죄적 행위 … 238

작가의 말 … 244

옮긴이의 말 … 245

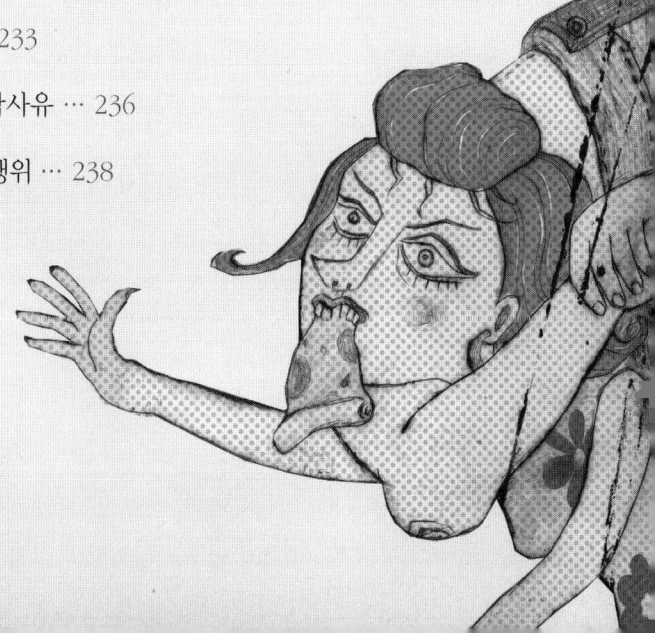

등장
인물

시릴 매킨타이어
열다섯 살 소년. 수다쟁이에 오지랖 넓은 '불량엄마' 앤디 때문에 늘 골머리를 앓는다. 그래도 엄마를 사랑하는 마음은 세상 그 누구보다도 각별하다.

앤디 매킨타이어
시릴의 엄마로, 불의를 보면 참지 못하는 열혈 변호사. 비쩍 말랐고 펑키 스타일 복장에 군화를 즐겨 신는다.

두기 푸거(비프 아저씨)
지역 부(副)보안관. 군인 기질이 몸에 배어 있으며, 특이하게도 청바지를 줄을 세워 다려 입는다.

척 던커크
산타클로스의 '전과자 동생'처럼 생긴 대학교 경비원. 샌더슨 박사의 과실치사죄로 기소되었으나, 앤디의 열성적인 변호로 무죄를 선고받고 풀려난다.

어니스트 샌더슨 박사
'기적의 커피'를 발명해 부자가 된 유명 생물학자. 과실치사를 가장한 음모에 휘말려 죽음을 당한다.

새년도어 샌더슨
샌더슨 박사의 젊은 아내.

켄달 랭킨
시릴의 친구.

기결사건

::
한 번 처벌된 내용으로 다시 재판받을 수 없다는 법률 원칙
::

그 남자는 내 멱살을 잡고 내 머리를 바닥에 부딪쳤다. 아무래도 날 목 졸라 죽일지, 아니면 뇌진탕에 걸리게 할 건지, 아직 마음의 결정을 내리지 못한 듯했다.

그게 아니면, 그저 평범한 방식으로 사람을 죽이는 게 마음에 들지 않았든지.

난 있는 힘을 다해 저항했지만, 턱도 없었다. 바로 나, '졸라맨' 시릴 매킨타이어가 탱크처럼 건장한 이 사람한테 뭘 어쩌겠다고?

그렇지 뭐.

하지만 솔직히 말하면, 난 그 남자의 눈알이 튀어나올 것처럼 만든 것만 해도 기분이 좋았다. 최소한 내가 아주 형편없지는 않다는 거니까. 그 남자가 엄청 힘을 쓰도록 만들었다는 거니까.

다른 때 같았다면, 아마 난 한 방에 나가떨어졌을 거다. 내가 이토록 안간힘을 쓰고 있는 건 바로 뚜껑이 열렸기 때문이다.

저 남자 때문에 열 받은 건 아니었다. 사실, 난 저 남자가 실성이라도 했길 바랐다. 정말 그랬다면 어땠을까? 난 차라리 그랬길 바랐다.

내가 정말 열 받은 건 바로 엄마 때문이었다. 이건 완전 엄마 때문이다. 늘 그렇듯이.

만약 엄마가 다른 사람들과 사이좋게 어울려 사는 데 문제가 있는 사람이 아니었다면, 엄마는 고작 열네 살의 나이에 거리로 나앉아 인생을 망치지 않았을 거다.

만약 엄마가 그토록 생각이 없는 사람이 아니었다면, 열네 살의 나이에 날 임신하지 않았을 거다.

만약 엄마가 그토록 경쟁적인 사람이 아니었다면, 스물다섯 살 나이에도 법대에 다닐 수 있다는 걸 굳이 증명하지 않아도 됐을 거다.

만약 엄마가 그토록 사는 게 궁핍하지 않았다면, 야간 수업 강의실에까지 날 질질 끌고 다닐 이유도 없었겠지.(날 돌볼 베이비시터 비용 10달러를 아끼려고. 매일 습관처럼 사먹는 감자튀김에는 그보다 더 많은 돈을 쓰면서 말이다.)

만약 엄마가 그토록 잔걱정이 많은 사람이 아니었다면, 시험공부를 할 때마다 날 밤잠도 못 자게 부려먹지 않았을 거다.

만약 엄마한테 그런 습성들이 없었다면, 여느 엄마들처럼 평범하고 단순한 사람이었다면, 난 법의 'ㅂ'자도 알지 못했을 거다.

내가 법에 대해 아무것도 아는 게 없다면, 난 지금 입도 벙긋할 수 없었겠지.

입도 벙긋할 수 없었다면, 지금처럼 끈적거리는 두 개의 큰 손이 내 목을 조를 일도 없었을 거다. 그랬다면 내 뇌신경이 안구 뒤에서 튕기는 느낌을 받을 일도 없었을 테고, 기묘한 흰 불빛이 흔들리는 걸 볼 필요도, 가슴 깊숙한 곳에서 "빨리 오렴, 시릴! 빨리 와!" 하고 부르는 천사의 목소리를 들을 이유도 없었을 거다. 지금쯤 난 스케이트보드 연습장에서 딱 열다섯 살짜리 아이들이 즐길 만한 놀이를 하면서 시간을 보내고 있었을 텐데. 아무런 걱정 없이 말이다.

솔직히 말해서, 난 그동안 엄마가 내 인생을 엉망으로 만드는 걸 지겹도록 봐왔다. 이젠 더 이상 그렇게 내버려두고 싶지 않았다. 내 두 손으로 엄마를 혼내주고 싶어 미칠 지경이었다.

그게 바로 내가 바라던 바였다. 내 목표이자, 내가 기다려온 순간. 난 젖 먹던 힘까지 다해서 용을 썼다. 그렇다고 슈퍼맨처럼 괴력이 생긴 건 아니었지만, 그것만으로도 충분했다. 난 그 남자의 엄지손가락을 1~2밀리미터쯤 젖히는 데 성공했다. 막혔던 호흡기가 열렸다. 난 흡 하는 소리와 함께 숨을 들이쉬곤, 그의 눈을 똑바로 쳐다보면서 진작부터 하려 했던 말을 꺼냈다.

"이건 기결사건이라구요."

진술서

::
참조가 될 만한 사실이나 법률 사항 등을 진술한 것으로, 법률의 적용, 항소
또는 행위 등이 있을 때 사건의 각 당사자들이 제출하는 서류
::

5개월 전, 두기 푸저라는 사람이 엄마와 함께 있는 걸 처음으로 보았을 때, 난 엄마가 체포라도 당하는 줄만 알았다.

뭐, 그리 말도 안 되는 얘기는 아니다. 누구라도 그 모습을 봤다면 그렇게 생각하고도 남았을 테니까. 세상에, 어느 누가 그렇게 생각하지 않겠어? 어떤 남자 경찰이 거리를 달려가더니, 펑키 스타일 복장에 군화를 신은 비쩍 마른 여자를 잡아채는 모습을 봤다고 생각해보시라. 누구라도 수갑을 채우려는 장면이라고 생각하겠지.

만약 당신이 그 사람의 자녀라고 생각해보시라. 그녀가 무슨 죄를 지었든, 경찰의 턱을 팔꿈치로 가격해서 '공무집행방해죄'를 추가하게 될 걸 예상하는 게 당연하지.

그 상황에서 경찰이 그녀 목에 팔을 감고, 생수통처럼 커다란 머리를 그녀 얼굴에 들이밀며(정말이다) 그녀 귓가에 코를 비벼대

는 모습을 볼 수 있을 거라고 과연 상상이나 할 수 있겠냐고.

만약 그 순간, 엄마가 그 남자를 밀쳐내고 담배 연기를 뿜기라도 했다면야, 엄마에 대한 믿음이 한 자락이라도 남아 있었겠지만, 엄마는 그러지 않았다.

엄마도 똑같이 코를 비비기까지 했다!

충격에서 벗어날 즈음엔, 내가 두 사람을 체포하고 싶을 지경이었다. 물론 '포옹' 자체는 범죄가 아니지만, 이 경우엔 범죄나 마찬가지였다. 법에서 외설죄라는 걸 규정하고 있는 마당에, 그게 아이들에게 악영향을 끼치는 경우라면 두말할 나위 없는 거지.(공공연히 어른 두 사람이 길거리에서 포옹하는 장면을 봤는데, 그중 한 사람이 당신의 엄마였다면? 솔직히, 이런 정신적 피해가 과연 쉽게 치유될지 의심스럽다.)

운 좋게도, 엄마는 한숨 돌릴 시간을 번 후에야 두 사람을 째려보고 있던 나를 발견했다. 만약 할아버지가 살아 계셨다면, 분명 엄마는 할아버지한테 붙잡혀 집 앞까지 질질 끌려갔을 거다. 엄마는 그 남자를 밀쳐내곤 순진한 아기의 얼굴로 눈만 깜박이고 있었다. 자기는 아무 잘못 없는 척하면서 말이지. 난 그저 어이가 없어 고개를 절레절레 흔들었다. 아니, 내가 그렇게 단순해 보이나? 엄마는 가식이 철철 넘치는 얼굴로 교감선생님처럼 말했다.

"오. 이런. 너랑 여기서 마주칠 줄은 꿈에도 몰랐는걸."

"몰랐다고요? 그 말은, 좀 전에 보여주신 장면을 제가 볼 거란 생각을 못했단 얘기죠?"

엄마는 "대체 그게 무슨 말이니?"라고 말하고 싶은 듯했지만 그저 "응?"이라고만 되물었다. 난 어이가 없어 웃음을 터뜨리고 말았다. 빠져나갈 데가 없다는 걸 엄마도 알고 있는 게 분명했다. 엄마는 입고 있던 티셔츠 매무새를 가다듬으며 억지웃음을 지었다.

엄마가 머릿속에서 서랍을 열었다 닫았다, 쿠션 밑을 더듬고, 주머니마다 손을 넣어보며, 나한테 써먹을 새로운 핑곗거리를 찾느라 온갖 궁리를 하는 모습이 눈에 선했다.

엄마는 결국 그 남자 쪽으로 얼굴을 돌리곤 이렇게 말했다.

"있잖아요, 두기. 얘가 바로 내 아들, 시릴이에요."

남자는 엄청난 트림이 나오려는 걸 억지로 참느라 눈이 튀어나올 것 같은 모습이었다.

"아들? 아들이 있단 말은 안 했잖아?"

엄마는 이를 내보이며 웃었다.

"말했잖아요!"

엄마는 다시 몸을 돌려 남자를 마주 보고 섰다. 얼굴이 보이지 않았지만, 분명 엄마의 눈은 뇌에 주문을 거느라 바쁘게 움직이고 있을 게 뻔했다. 졌다, 졌어. 가증스러워 못 봐주겠네, 정말. 언젠간 뽀록날 걸 가지고 말이야.

남자는 고개를 끄덕이며 말했다.

"아, 맞다. 그때 말했던 그 아들!"

그는 나한테 다가오더니 악수를 청했다.

"잘 지냈어, 귀염둥이?"

귀염둥이?

어이가 없네. '귀염둥이'라니?

내가 당신 애완견이라도 된답디까? 도대체 이 사람 뭐야.

난 남자가 내민 손을 허공에 그냥 내버려두었다. 그러자 남자는 멋쩍게 몸을 움츠리더니 자기 손을 엉덩이에 대고 (마치 이렇게 될 것까지 염두에 두었던 것처럼) 말했다.

"저기, 난 이만 가보는 게 좋겠는데…… 왜, 있잖아, 오늘 '그거' 준비하려면 말이야……."

엄마는 남자를 쳐다보지도 않은 채로 말했다.

"으응. 이따아 봐요오."

두 사람은 보이스카우트 선서라도 하듯 손을 들어 올렸다. 그런 다음 엄마는 몸을 돌려 그 남자와 멀어졌다. 엄마에게서 그 남자의 향수 냄새가 풍겼다. 대체 무슨 짓을 한 거야? 향수로 목욕이라도 하셨나?

엄마는 내 팔을 잡더니 사친회(한국의 육성회와 비슷한 교사-학부모 협의체:옮긴이) 엄마처럼 말했다.

"그래에~ 오늘 학교 공부는 어땠니이~?"

그러고 보니, 내가 쉽게 산만해지는 스타일인가 보다. 벌써 난 모든 걸 용서하고 잊는 모양새였다. 난 가볍게 미소 지었다.

"진짜 재미있었어요. 수세기 동안 학자들을 당혹스럽게 만들었던 풀리지 않은 미스터리 같은 걸 토론했죠."

"끄~을내준다. 구체적으로 어떤 건데?"

엄마는 자기 뱃속에서 나온 아이가 교실 맨 앞줄에 앉아 수업에 열중하고 있는 모습을 상상하는 게 너무 기쁜 모양이었다. 방금 전의 '포옹' 사건에서는 느끼기 힘들었겠지만, 일반적으로 엄마는 이렇게 모성에 관련된 일에는 지나치게 진지한 경향이 있다. 이럴 땐 꼭 내가 엄마의 가장 큰 장기 프로젝트 같다는 생각마저 들고, 엄마는 어떤 희생을 치르더라도 기필코 'A' 학점을 받겠다고 작정한 사람처럼 보인다.

"아, 그게요. 피라미드가 어떻게 지어졌는지, 공룡들한테 무슨 일이 생겼는지, 또 급진적 좌파 성향인 앤디 매킨타이어 같은 사람이 경찰과 교제하다 어떻게 끝이 났는지, 뭐 그런 거 있잖아요."

갑자기 엄마한테서 사친회 엄마의 모습이 확 사라지더니, 그걸 길바닥에 홱 팽개쳐버리는 소리가 들리는 것 같았다. 엄마는 입술을 콧구멍에 집어넣을 것처럼 위로 치켜올리더니 으르렁대듯 날째려보았다.

"그 사람은 경찰이 아니라니까!"

"제 눈엔 그렇게 보이던데요."

"부보안관이라구!"

"오! 그러세요? 대단한 차이네요."

엄마의 눈이 휘둥그레지더니 어찌나 큰 소리로 한숨을 쉬던지, 엄마가 독화살이라도 쏘는 줄 알았다. 난 몸을 움찔했다.

"시릴…… 플로이드…… 매킨타이어! 분명히 넌 숱한 시간을 법정에서 보내면서 경찰(cop)과 치안담당관(sheriff)의 차이점을 배울 만큼 배웠잖니!"

또 시작이네. 잔소리. 주의를 딴 데로 돌리려고 엄마가 즐겨 쓰는 또 다른 전략이지. 난 마음을 비우고 엄마가 그만할 때까지 내버려두기로 했다. 아무리 생각해도, 내가 엄마를 멈추게 할 수 있을 것 같지는 않았다.

"그동안 네가 신경 좀 썼더라면, 최소한 노바스코샤 주(캐나다의 남동쪽 끝에 있는 주. 주도는 핼리팩스:옮긴이)의 보안관과 부보안관은 치안담당관이지 경찰공무원이 아니라는 사실을 알 거 아니니. 그 사람들은 법조계에서 일하는 사람들이라구. 판사들의 전갈을 전달하고, 법정의 질서를 유지시키고, 수감자들을 교도소까지 호송하는, 그런 일을 하는 사람들이란 말이야. 그렇지만, 경찰공무원은 어때? 범죄사건을 수사하고, 용의자를 체포하고, 교통법 위반자들에게 범칙금을 물리고, 거리를 순찰하고, 소음 기준 위반 등을 적발하고……."

엄마는 소리 내어 웃다가 말았다.

"넌 앞으로도 절대 보안관이 거리에서 그런 일을 하는 걸 볼 일은 없을 거야."

어째 너무 쉽게 끝난다 싶었다.

"글쎄요. 그럼 방금 전에 제가 헛것을 봤나 보네요."

그 소리를 듣고 입을 꼭 다문 엄마의 입술이 꼭 부풀린 풍선의 매듭처럼 보였다.

"잘 들어, 너. 그런 식으로 말하지 말란 말이야. 그래도 난 엄마잖니. 그러니 말조심하란 말이야!"

엄마 말이 이해돼? 나보고 말조심하라고? 자기 말이 앞뒤가 안 맞는 것도 모르나? 지금 여기서 래퍼처럼 심한 말을 따다다다 뱉어내는 사람이 누군데? 법정모독으로 세 번이나 찍힌 사람은? 게다가, 그래, 맞다. 보안관인지 뭔지 하는 사람의 귀에 입술을 비빈 사람이 바로 누구냔 말이야?

"그냥 하는 말 아니야! 그러니까 잘 생각하고 말하는 게 좋을 거야. 그건 그렇고……."

엄마는 나보다 앞서 걸으면서 나와 얼굴을 마주치려 하지 않았다.

"작은 심부름이 하나 있는데, 네가 해줬으면 좋겠어. 내일 아침까지 이크발 씨 사건 서류에 진술서를 추가해야 하거든."

이쯤에서 한번 짚고 넘어갈 게 있다.

혹시 아직 잘 모를까 봐 그러는데, 엄마는 배짱 좋기로 소문난 사람이다. 단순히 뻔뻔하거나, 얼굴에 철판을 깔았거나, 임기응변

이 좋거나, 지칠 줄 몰라서 그런 게 아니다. 엄마의 배짱은 그냥 줄줄 흘러나온다.

그런 배짱이 가끔씩은 쓸모 있을 때가 있다.

예를 들어, 엄마가 겉멋만 잔뜩 든 땅주인을 상대로 소송을 제기하지 않았다면, 제드 아저씨가 지금도 고양이 열두 마리와 함께 길거리에서 산다는 건 불가능했을 거다.

세탁소 주인을 상대로 소송을 걸지 않았다면, 그 세탁소 주인은 여전히 독성 강한 표백세제를 엄청나게 사들이고 있을 테고.

그리고…… 솔직히 말해서, 미혼모인 엄마가 직접 날 키우면서 학교에 다니고, 스스로 먹고사는 걸 해결하겠다고 배짱을 발휘하지 않았더라면, 아마 난 지금쯤 어느 양육시설에서 자라고 있을지도 모른다.

하지만 부작용도 있다.

예를 들어, 이런 경우다. 엄마가 어떤 남정네랑 거리 한복판에서 만나고 있는 걸 현장에서 목격했는데, 오히려 엄마가 객기를 부리며 나더러 밤새 꼼짝 말고 자기 일을 도우라고 하는 것.

아, 정말 왜 이러세요. 진짜로 진지하게 하는 말인데요, 외출금지 같은 걸 당해야 할 사람은 나 혼자만이 아니라고요.

갑자기 막 셔츠를 찢기 직전의 헐크가 되어버린 기분이 들었다. 난 참지 못하고 폭발해버렸다.

"말도 안 돼요, 엄마! 그건 엄마 일이잖아요!"

"그랬지. 이젠 네가 할 일이야."

엄마는 마치 선물이라도 주는 것처럼 말했다.

"어째서요?"

"내가 할 수 없기 때문이지. 엄만 무지 바쁘다구."

"그럼 전 한가하단 말예요? 참나, 엄마 서류 챙기는 일보다 집에서 해야 할 의미 있는 일이 더 많다구요."

"오, 그러셔? 그게 뭔데?"

엄마는 내가 해서는 안 될 짓을 한 걸 목격이라도 한 듯, 몸을 돌려 잔뜩 의심스러운 눈길로 날 바라보았다.

엄마가 이 상황을 유리하게 끌고 가도록 놓아둘 순 없었다. 법정에선 통할지 모르겠지만, 여기선 절대 그럴 수 없지.

"아뇨. 그렇겐 안 되죠. 엄마 먼저 말씀하세요. 도대체 엄마는 오늘 밤에 얼마나 중요한 일을 하길래 직접 진술서를 작성할 수 없는 거죠?"

엄마는 반지를 만지작거렸다. 그러곤 손가락을 펴서 손톱을 살폈다. 흠집투성이인 검은색 매니큐어만 봐도 엄마 취향을 짐작하는 건 일도 아니다.

곧 엄마가 목청을 가다듬으며 말했다.

"음, 있잖아…… 그게……."

"됐어요. 관두세요. 제가 맞혀볼까요? 음, 오늘 밤 '그 일' 때문이잖아요."

엄마는 핸드백을 뒤지며 담배를 찾기 시작했다.

"아냐! 그런 게 아니라구. 넌 생각하는 게 왜 그 모양이니? 그런 게 아니라…… 아이고, 미안. 잠깐만, 불 좀 붙이고…… 이놈의 담배…… 정말 끊든지 해야지……."

더 이상 들으나 마나였다.

"거짓말 좀 작작 하세요! 오늘 밤에 엄마가 아까 그 사람이랑 데이트할 예정인 거, 다 알거든요!"

담배를 피우다 말고 엄마가 눈을 치켜떴다. 그러곤 날 째려보았다.

"아툴라 아줌마한테 대신 써달라고 하시지 그래요? 아줌마도 변호사고, 엄마 파트너잖아요. 아줌마한테 부탁하세요."

엄마는 담뱃재를 툭 털었다. 그러곤 갑자기 기다리던 버스가 어디쯤 오고 있는지 찾기라도 하듯 거리 쪽을 내려다보다 이렇게 말했다.

"앓느니 죽지. 그 아줌마 신경 쓰이게 하기 싫어하는 거, 너도 알잖니."

아, 네. 이번에도 역시, 제때 일을 못 해서 일이 밀렸다고 털어놓자니 아줌마의 타박이 '신경' 쓰이겠죠. 그럼요, 아툴라 아줌마가 그걸 좋아할 리 있겠어요. 절대 그럴 리 없지. 늘 그 모양이니, 변두리 작은 식당 위층에서 구질구질하고 코딱지만 한 법률사무소를 운영하는 거죠. 더럽게도 힘든 상황에 처한 고객들이 그렇게나 많으니, 신경 써야 할 일이 어디 한두 가지겠어요. 아툴라 아줌마는 진즉에 그걸 알고 있는데, 엄마는 왜 아직도 모르실까.

내가 왜 그딴 것들을 걱정해야 하지? 변호사는 엄마다. 난 그저 애일 뿐이고. 내가 신경 써야 할 건 내 피부 상태(이미 하고 있다), 여자애들(이것도 이미 하고 있다), 그리고 학교 문제(이건 별로 못 하고 있다) 같은 거다. 그딴 건 어른들이 해결할 문제 아닌가? 불공평하다.

〈로 앤 오더〉(Law & Order. 미국의 인기 법정 드라마:옮긴이)에서 변호사가 배심원단에게 다가가듯, 난 몸을 홱 돌려 엄마 쪽으로 천천히 걸어갔다.

"그럼 제가 그 일을 하는 게 과연 합당한지 따져보자구요. 저한테 밤새도록 엄마가 처리해야 할 진술서를 작성하라 시켜놓고, 엄마는 경찰 애인과 데이트하러 나간다 이 말인가요?"

그러자 엄마가 벌컥 화를 냈다.

"말했지! 그 사람, 경찰 아니라고! 그리고 참고로 말하는데, 그 사람, 내 애인 아니거든! 우린 그냥…… 음…… 친구 사이란 말이야."

"됐거든요."

난 엄마의 말이 거짓말임을 확신했다. 내 말이 틀렸다면, 저렇게 화낼 엄마가 아니니까.

"미디어아트 과목 과제물로 찍을 비디오가 있는데, 오늘 밤에 시작하려 했단 말예요. 하지만, 좋아요. 걱정 마세요. 문제될 거 없으니까. 엄마 대신 제가 진술서를 작성할게요."

엄마 눈에서 기묘한 오렌지빛이 번뜩였다. 엄마 코에서는 더 이상 악의에 찬 콧김이 나오지 않았다. 엄마의 눈이 그렁그렁해졌다.

"해준다고? 오, 시~릴! 네가 해준다고 할 줄 알았어!"

엄마가 담배를 입에서 치우더니 내 목을 껴안았다. 그러곤 내 얼굴 구석구석에 뽀뽀를 퍼붓기 시작했다. 아무리 엄마라도 이럴 땐 진짜 싫다. 쑥스럽게 하거나 간접흡연으로 누군가를 죽일 순 없겠지만, 뾰족 코로는 얼마든지 가능할 듯싶다.

난 엄마를 밀어냈다.

"알았어요, 알았다구요. 경찰이 볼지도 모르니까 공공연한 애정 표현은 좀 아껴두시죠."

그러곤 재빨리 덧붙였다.

"내 말 아직 안 끝났어요. 엄마 대신 제가 진술서를 작성할게요. 단! 저한테 새 스케이트보드를 사주신다는 조건으로요."

엄마가 비틀거리며 뒤로 물러나더니 입을 쩍 벌린 채 날 쳐다보았다. 엄마는 목에 뭐가 걸린 듯한 얼굴을 하고 있었다. 심지어 소리 내어 캑캑거리기까지 했다.

"너, 지금 엄마를 협박하는 거니? 다른 사람도 아닌 엄마한테?!"

"네."

난 잠깐 생각에 잠겼다가 말을 이었다.

"엄마가 이렇게 나올 줄 알았어요."

엄마가 또 캑캑거렸다.

"믿을 수 없어! 진짜…… 진짜…… 어이가 없다! 우린 가족이잖아! 서로 돕고 살아야지!"

"당연하죠. 제 말이 그 말예요. 제가 다른 사람도 아닌 '엄마' 대신 진술서를 작성하면, 엄마는 오늘 밤 그 남자랑 '그 일'을 하실 수 있겠죠. 그럼 엄마는 진술서 작성 비용을 받아 다른 사람도 아닌 '아들'의 스케이트보드를 사주실 수 있겠죠. 경우에 따라선 그걸 협박이라고 부르나 본데, 이번 경우는 일에 대한 정당한 대가라구요."

엄마는 뭔가 골똘히 생각할 때면 으레 그렇듯, 얼굴을 실룩거리고 있었다. 담배 연기를 깊이 들이마시고 한바탕 호통이라도 칠 기세였지만, 우리 둘 다 그래봐야 나아질 게 없다는 걸 뻔히 알고 있었다. 엄마에겐 반박할 근거가 없었다.

"좋아."

엄마는 마치 제트기류가 몰아치듯 담배 연기를 내뿜으며 말했다.

"그런 식으로 해봐. 언젠가 너도 네가 지금 한 짓을 떠올리며 지금 나처럼 충격에 빠질 날이 올 테니까. 어떤 가족이 전쟁으로 피폐해진 고향으로 쫓겨날 위기에 빠졌는데, 네가 그런 상황을 사리

사욕을 채우는 데 이용했단 걸 알면 아마 몸서리가 쳐질걸? 넌 엄마가, 그것도 이 세상에서 누구보다도 널 사랑하는 네 엄마가 지금의 널 있게 해준 희생정신은 털끝만큼도 생각 안 한다 이거지? 아니지. 그딴 게 너한테 무슨 대수겠니. 넌 기회가 보이면 약삭빠르게 이득을 취하는데 말이야. 좋아. 나중에 철이 들면 네 행동에 몸서리칠 날이 올 테니까, 그날이 올 때까지 꾹 참았다가 네 사과를 받아주마."

맞는 말이었다. 엄마는 뭐든 묵묵히 잘 참는 사람처럼 보인다. 하지만 엄마의 독기는 언젠가 전자레인지 속의 팝콘처럼 팡 터지고 말 거다. 어린이 수영교실에 풀어놓은 피라냐가 따로 없지.

"그건 그렇고, 진술서는 제대로 작성할 것! 엄마 기준에 맞게! 그래야 엄마가 그놈의 스케이트보드인지 뭔지를 사줄 테니까 말이야."

다른 애들이라면 그 말에 기뻐했겠지만, 난 전혀 기쁘지 않았다. 거래 상대가 누구인지 잘 알고 있으니까. 여느 실력파 변호사들처럼, 엄마 역시 이미 허점을 찾고 있을 게 분명했다.

하지만 내가 누군가.

난 가방을 열고 학교 시청각자료실에서 빌린 비디오카메라를 꺼냈다. 그러곤 엄마한테 좀 전에 했던 약속을 카메라 앞에서 다시 해달라고 했다. 심지어 지나가던 여자애를 불러 세워놓고 증인으로 삼아 비디오에 담았다.

이번엔 엄마도 빠져나갈 구멍이 없을걸.

난 발걸음도 경쾌하게 집으로 향했다.

누군가에게 뭔가를 강요하는 게 이토록 짜릿한 일이라는 걸 처음 알았다.

평온권 방해

::
시끄러운 소음, 싸움 또는 기타 반사회적 행위 등에 의해
적정 수준의 질서를 파괴하는 행위
::

3주쯤 지났을까, 어느 날 학교 수업이 끝난 후 난 연습장에서 스케이트보드를 타고 있었다. 내 절친인 켄달 랭킨은 뒤쪽 바퀴에 문제가 생겼는지 바퀴를 고치고 있었다. 나도 타던 걸 멈추고 내 것을 점검했다. 약속한 대로 엄마 대신 진술서를 작성했는데도 아직까지 엄마는 새 스케이트보드를 사주지 않았다.

켄달과 난 잠시 그늘에 앉아 계속 스케이트보드를 손보았다. 켄달은 말수가 별로 없는 녀석이다. 켄달은 그저 멋진 자태로 앉아서 여자애들의 눈길을 끄는 게 딱이다. 내 역할은 쉼 없이 수다를 떠는 거고. 대개는 쓸데없는 농담이나 영화에 대한 얘기로 수다를 떤다. 왜 그랬는지 모르겠지만, 그날은 비프(시릴이 맘대로 붙인, 두기 푸저의 별칭:옮긴이) 아저씨 얘기로 말문을 열었다.

엄마가 '그 일' 때문에 나갔던 날 이후로, 비프 아저씨는 항상 우리 집에서 뭉개고 있었다.

정말 짜증나는 일이다.

정말 짜증나는 아저씨다.

예를 들자면, 비프 아저씨는 아침 6시에 우리 집 쓰레기를 버리려고 정복에 방탄조끼까지 챙겨 입고 나타나기도 했다!

"대체 뭐 하자는 건데? 자기 것도 아니면서! 자기 쓰레기는 없어? 굳이 남의 걸 치워야 하냐고? 자기 건 제대로 치우나 몰라!"

"흠, 그러게. 쩝."

켄달은 그렇게 말하곤 계속 스케이트보드를 고치는 데 열중했다.

켄달이 내 말에 동조해주려 애쓴다는 걸 알았지만, 솔직히 내 상황에 오롯이 공감하고 있진 않아 보였다. 내 상황에 대해 미주알고주알 떠벌릴 수 없다는 건 분명했다.

그래서 난 비프 아저씨가 자신에겐 더 이상 '필요 없어서' 우리한테 '기증'하기로 한 2인용 소파 얘기를 해줬다. 그리고 비프 아저씨가 설거지를 할 때마다 콧노래를 흥얼거린다는 얘기, 엄마는 원래 누가 콧노래를 부르는 걸 무지 싫어하는데 그때마다 엄마도 따라 흥얼댄다는 얘기도 해줬다. 또 비프 아저씨가 쭈글쭈글한 청바지를 어찌나 칼날처럼 다려 입는지, 그걸로 스테이크 레스토랑에서 고기를 썰 수 있을 정도인데, 그걸 보고도 엄마가 단 한 마디도 하지 않는다는 얘기를 해줬다.

"정말? 와~ 설마." 켄달이 말했다.

문득 내가 바보 같다는 느낌이 들기 시작했다. 한동안 우리 둘 사이에 정적이 흘렀다. 난 우리 모자가 스스로 알아서 끼니를 때울 능력도 없는 사람들이라는 듯, 패스트푸드점에서 사 온 햄버거와 감자튀김에 무슨 대단한 문제라도 있다는 듯, 비프 아저씨가 매일 저녁 직접 저녁상을 차리려고 나선다는 얘기를 해줄까 고민하다가 그냥 관두었다. 무슨 얘기든 더 해봤자 어차피 켄달은 공감하지 못할 것 같았기 때문이다. 난 혀 차는 소리를 내다가 별거 아니라는 듯 한숨을 쉬고 나서 말했다.

"그 아저씨가 왜 그리 맘에 안 드는지 잘 모르겠지만, 아무튼 그러고 있다니깐."

켄달은 스케이트보드를 바닥에 내려놓았다.

"그래. 네가 어떤 기분인지 알 것 같다. 우리 엄마가 에디 아저씨랑 사귀기 시작했을 때 나도 너랑 똑같은 기분이었거든. 질투심 같은 걸 극복하는 데 몇 달쯤 걸린 것 같아."

그 말에 갑자기 머리가 핑 돌고 어지러운 나머지, 몇 초쯤 지나서야 사물이 제대로 보였다.

"뭐? 질투심? 너…… 지금…… 내가 질투를 한다는 거야?"

"그래. 뭐, 여자친구한테 느끼는 질투랑은 좀 다르겠지만, 어쨌든 질투는 질투지. 이상할 건 없어. 지극히 자연스러운 거니까."

지극히 자연스럽다고? 난 사람들이 이런 말을 하는 게 진짜 싫다. 도대체 진지한 법이 없다니까.

난 아무 대꾸도 하지 않았다.

켄달이 말했다.

"내 말은, 한평생 너랑 엄마랑 둘이서만 살아왔는데 갑자기 어떤 아저씨가 사이에 끼어들더니 엄마를 독점하고, 게다가 아무렇지도 않게 편히 지낸단 말이지. 그런 상황에서 질투하지 않을 사람이 누가 있겠냐?"

대답은 분명했다.

"그런 사람 여기 있거든! 난 질투하는 게 아니라구! 역겨운 소리 좀 작작 해라. 엄마랑 아저씨 사이를 질투한다고? 참나. 내가 하루 종일 엄마나 쫓아다니면서 '엄마, 엄마' 하는 그런 놈으로 보이냐? 어떡하면 엄마랑 떨어져서 보낼까 궁리하느라 시간을 허비하고 있는 게 내 현실이다. 비프 아저씨가 엄마를 '독점'한다면 더더욱 신경 쓸 필요가 없지. 엄마도 독점하고 공원이든 산책로든 얼마든지 독점하라고 하시지! 그럼 내 보물 1호인 '탈옥 카드'도 기꺼이 내놓을 거야. 엄마랑 여기저기 돌아다니려면 필요할지도 모르니까."

난 하던 말을 멈추고 티셔츠 자락으로 얼굴에서 흘러내리는 땀방울을 훔쳤다.

"내가 그 아저씨를 싫어하는 건 그런 이유가 아니야. 난 그냥…… 뭐랄까…… 내 말은 말이지…… 와, 미치겠네! 그 아저씬 청바지를 다려 입는다구! 당연히 난 짜증나고! 나도 평범한 인간

일 뿐이란 말이야!"

헬멧을 쓴 켄달이 어깨를 으쓱하며 말했다.

"알았어. 미안해. 네 말이 맞겠지 뭐. 난 에디 아저씨랑 그런 경험이 없어서 말이야. 뭘 먹을 때마다 턱에서 소리가 나는 것 말곤 별 문제 없었어. 어쨌든, 에디 아저씨는 엄마를 행복하게 해줬거든. 아빠가 돌아가신 뒤에 엄마가 겪은 일들을 생각하면, 엄마도 이젠 행복해야 한다고 생각해."

켄달은 자리에서 일어났다.

"그만하자. 준비됐냐?"

켄달은 다시 스케이트보드를 타고 연습장 안으로 들어갔다. 켄달은 나랑 가장 친한 친구다. 그런데 지금은 이 녀석마저 날 짜증나게 만들고 있었다.

난 스케이트보드라는 이름의 판자때기를 집어 들고 집으로 향했다.

아동노동법

::
아동에게 일을 시킬 수 있는 형태나 시간 등을 제한함으로써
· 아동을 보호하는 법안
::

난 문을 밀치고 집으로 들어갔다. 닭고기 냄새가 풍겼다.

뭔지 감이 왔다.

또 비프 아저씨군.

난 발로 차듯 신발을 홱 벗어던지고 집 안으로 들어갔다. 엄마는 '새로 생긴' 2인용 소파에 느긋이 몸을 맡기고 앉아서 평생 그 책만 읽는 사람인 양 『호밀밭의 파수꾼』(J. D. 샐린저가 쓴 성장소설: 옮긴이)을 읽고 있었다.

"늦었구나. 어디 갔었니? 스케이트보드 타러 갔었니?"

이젠 티테이블로 쓰는 고장 난 TV 위에 책을 올려놓고 엄마가 웃으면서 말했다.

난 웃지 않았다.

내가 학교 끝나고 스케이트보드 타러 갔다 온 날치고 엄마가 웃은 적이 있었던가? "숙제는 어쩌고?"로 시작되는 잔소리는 어

디 간 거야? 그런 잔소리 할 시간도 없을 정도로 요즘 바쁘신가? 아님 더 좋은 일이라도 생기셨나? 난 엄마의 그런 모습을 그냥 무시해버렸다.

난 크게 한숨을 내쉬었다.

"오늘도 닭고기 먹으라는 소린 하지 마세요! 비프 아저씬 도대체 자기가 뭐라고 생각하는 건데요? 자기가 무슨, 커널 샌더스(KFC의 창립자:옮긴이)라도 된대요?"

엄마는 눈을 찡그리며 쉿 하는 표정을 지었다.

"전에도 말했잖니. 아저씨를 그렇게 부르지 말라고. 아저씨 이름은 비프가 아니라고 했잖아!"

비프 아저씨가 주방에서 머리를 쑥 내밀었다. 아저씨는 빳빳하게 다려진 티셔츠 위에, '요리사에게 뽀뽀를'이라고 인쇄된 앞치마를 두르고 있었다.

아저씨가 말했다.

"여러분! 진정들 하시고! 자기! 왜 그래? 화났어?"

엄마는 잠시 머뭇거렸다. 내가 할 수 있는 것이라곤 터져 나오려는 웃음을 참는 것뿐이었다. '이제 저 아저씨 큰일 났네.' 비프 아저씨는 생각도 못했겠지만, 어느 누구도 우리 가정사에 참견하는 건 있을 수 없는 일이다. 만일 끼어들었다간 큰코다칠 게 뻔하다. 엄마한테 이래라 저래라 할 사람은 세상에 아무도 없다.

난 엄마가 아저씨를 주방으로 쫓아내며 닭다리가 바싹 튀겨지기 전에 요리나 마저 신경 쓰라고 소리 지를 줄 알았다. 그래서 한 발짝 뒤로 물러나 엄마가 꽥 하고 소리 지를 것에 대비했다. 하지만 엄마는 그러지 않았다. 엄마는 그저 고개를 들어 비프 아저씨를 쳐다보며 또다시 방긋 웃기만 했다.

방긋. 치즈. 김치. 엄마, 지금 뭐 하시는 거예요? 미인선발대회라도 나오셨나요?

"화가 났다니, 그게 무슨 말예요?"

엄마는 계속 방긋방긋 웃으며 말했다.

"에이, 왜 이래! 진지하게 생각해보자구. 자긴 어떤 이름이 더 좋은데? 두기, 아니면 비프?"

아저씨는 한쪽 입꼬리에서 바람이 새듯 강하게 '프' 소리를 내며 말했다.

그러자 엄마가 웃음을 터뜨리며 말했다.

"콕 짚으셨네."

"저기, 내 눈치 볼 필요 없어. 귀염둥이 아들 생각일 뿐인데 뭐. 바로 옆에 있는 잘난 아들 말이야."

아저씨가 눈썹을 치켜올리며 말하자 아저씨 얼굴 주변의 근육이 실룩거렸다.

"비프 푸저. 그래. 괜찮네 뭐."

아저씨는 들고 있던 주걱을 흔들며 나한테 말했다.

"이제 그만하고 손 씻으러 가야지, 귀염둥이! 저녁은 벌써 차려

났다."

 어째 이번엔 내가 진 것 같은 느낌이 강하게 밀려왔다.

 난 저녁을 먹는 내내 분을 삭이지 못하고 씩씩거렸다. 가장 친한 친구라는 녀석이 나한테 질투니 뭐니 하며 떠들어대는 걸 참아야 했던 것도 그렇고, 꼼짝 않고 앉아서 엄마랑 아저씨가 내 친구들과 학교 얘기, 좋아하는 영화니 뭐니 하는 것들에 대해 꼬치꼬치 캐묻는 걸 봐야 했기 때문이다.

 비프 아저씨가 자기가 만든 또 다른 '건강식'을 내놨지만, 행여나 내가 자기 음식을 좋아한다고 착각할까 봐 더 달라는 말은 할 수 없었다. 난 괜한 허세를 부리며 음식을 물리고선 두 사람이 식사를 끝낼 때까지 기다려야만 했다.(두 사람만 놔두고 자리를 뜰 수는 없는 노릇이었다. '스킨쉽 측정기'가 폭풍을 예보하고 있었으니까.) 난 신문을 읽기 시작했다.

 엄마는 내가 식탁 위에 신문을 활짝 펴놓은 게 별로 신경 쓰이지 않는 척하고 있었다.

 "오늘 신문에 뭐 흥미로운 사건이라도 있니, 시릴?"

 평소 같으면 엄마 쪽을 향해 퉁퉁거리며 한마디 하고도 남았겠지만, 신문의 한 면이 내 눈을 잡아끌었다.

 "글쎄요, 그게, 이런 게 있네요."

 난 신문을 돌려 스케이트보드 광고가 크게 실린 면을 보여줬다.

 "이게 뭐야? 엄마 운이 좋으시네요! 스케이트보드 세일 광고예요. 이번주만 세일을 한다네요. 드디어 제가 작성한 진술서 일당을 받을 때가 됐나 봐요!"

엄마는 여느 때처럼 피식 웃으며 말했다.

"스케이트보드? 엄만 네가 왜 그렇게 새 스케이트보드에 집착하는지 모르겠다! 지금 있는 것도 멀쩡하잖아. 저기, 두기 씨, 아니 비프 씨, 저 맛있는 음식 좀 더 주실……?"

"아니, 그런 게 아니잖아요! 엄마 말은 완전 억지예요. 스케이트보드 새로 사주겠다고 분명히 약속하셨잖아요!"

난 엄마 말을 가로막고 다소 무례하게 느껴질 수도 있는 말투로 말을 내뱉었다. 확실히 못을 박기까지 한 약속인 데다, 설마 엄마가 비프 아저씨 앞에서 나한테 심한 말을 하겠냔 생각이 들었다. 하지만, 엄마라면 족히 그러고도 남을 사람이다. 난 엄마가 쏘아붙일 것에 대비해 마음의 준비를 했다.

엄마는 눈썹을 치켜올리지 않은 채 그저 고개만 흔들었다.

"넌 그런 걸 만드는 데 유해한 화학물질이 얼마나 많이 들어가는지 알기나 하니? 온통 합성수지와 유리섬유 덩어리잖아. 얼마나 해로운데! 사실 말이지, 스케이트보드란 건 부품 하나하나가 핵전함이나 자동차만큼이나 환경에 해로운 것들이라구."

엄마는 비프 아저씨를 쳐다보며 말했다.

"그렇지 않아요?"

"글쎄, 그건 좀…… 과장된 것 같은데……."

아저씨가 답했다.

"거 봐요!"

내가 말했다.

엄마는 남자 둘이 하는 짓이 너무 귀여워 죽겠다는 듯 혼자 낄낄거리며 웃기만 했다.

"좋아. 그럼, 자동차만큼 나쁜 건 아니라고 치자. 하지만, 스케이트보드 타기가 순전히 남자들의 스포츠라는 걸 생각하면······."

"무슨 소리예요? 스케이트보드 타는 여자애들이 얼마나 많은데요! 엄마는 제가 왜 거길 간다고 생각해요? 그리고 그게 환경하고 도대체 무슨 관련이 있다는 거예요?"

엄마는 내내 침착하고 이성적으로 말하려 애쓰고 있었다.

"없지. 내가 말하고 싶은 건, 환경에 대한 대가와 성차별적인 스포츠의 특성을 고려할 때, 넌 스케이트보드라는 걸 다른 관점에서 생각해야 한다는 거야. 그게 사회에 얼마나 큰 부작용을 낳는지를 이해하고, 모든 수단을 동원해 그걸 막아야 한다는 얘기라구. 그게 엄마가 하고 싶은 말이야."

엄마는 미소를 지으며 다시 구운 감자 속을 파헤치기 시작했다.

난 턱을 내밀며 마치 목줄에 묶인 경비견처럼 흥분해서 쏘아댔다.

"엄마 말은 결국 사주지 못하겠단 말이잖아요!"

"엄마 말은 그 말이 아니라니까 그러네."

엄마는 마치 자기가 영국 왕비라도 된 듯 소매로 입 가장자리를 가볍게 닦으면서 이어 말했다.

"엄마가 지적하고 싶은 건 단지, 곰곰이 생각한 끝에 어느 것과도 잘 조화되지 않는다고 믿는 스포츠에 뭐라도 기여하자니 도덕적으로 양심의 가책을 느끼기 시작했……."

비프 아저씨는 이번엔 너무도 잠자코 있었다. 아저씨는 자기 접시 위에 큼지막한 소고기 패티를 하나 더 옮기면서 말했다.

"글쎄, 앤디. 내 생각에도 스케이트보드 타는 건 여러모로 유익한 점이 있어 보이는데. 진짜 괜찮은 운동이거든. 애들이 밖에서 놀 수 있는 환경을 제공하잖아. 또……."

아직 상황 파악이 안 되시는군요. 그 정도 논리로는 씨알도 안 먹힌다구요.

아저씨는 서투른 반론으로 엄마한테 공연히 시간만 벌어줄 뿐이었다. 아무래도 큰 거 한 방이 필요해 보였다.

"아, 우리 지금 도덕적 양심에 대해 얘기하고 있는 거 맞죠? 그렇다면, 저도 도덕적 양심을 느끼고 있다는 걸 말씀드리고 싶네요. 아시겠지만, 이 나라엔 아동노동법이란 게 있죠. 불법 행위를 일삼는 고용자에 대해 최저임금과 강력한 규제를 가하는 법 말예요. 엄마가 저한테 무임금으로 진술서 작성을 시킨 걸 변호사협회에서 알면 귀가 솔깃할 것 같은 생각이……."

난 전화기를 들었다.

"제가 알기론 24시간 상담을 받는 전화번호가 423에 1……."

비프 아저씨가 말렸다.

"에이, 자자, 왜 이래. 괜히 후회할 짓은 하지 말자구."

아저씨는 나한테서 전화기를 빼앗아 제자리에 올려놓았다. 마음 같아선 참견 말라고 하고 싶었지만, 그러지 않았다. 아저씨가 나한테 눈짓으로 뭔가 신호를 보내는 것처럼 보였기 때문이다.

아저씨는 다시 엄마한테 몸을 돌리더니 말을 이었다.

"있잖아, 앤디. 내가 자길 좋아하는 이유 중 하나가 자긴 도덕적으로 문제가 없다는 거야."

엄마는 아저씨를 쳐다보고 있었지만, 마음속으로는 나한테 메롱 하며 혀를 내밀고 있다는 걸 난 알고 있었다. 엄마는 옳은 것에 집착하는 사람이다.

아저씨는 자리에 앉아 엄마의 어깨에 팔을 둘렀다.

"그렇지만, 이번 경우는 귀염둥이 말이 맞는 것 같아. 자긴 스케이트보드를 사주겠다고 약속했잖아. 나도 비디오를 봐서 알지. 진술서도 봤고. 솔직히 말하면, 두 가지 모두 시릴이 잘했다는 생각이 들어. 이봐, 똘똘한 친구. 넌 엄마를 아주 쏙 빼닮았구나."

능구렁이 같으니라구.

엄마의 입술이 완전히 일자로 변했다. 달갑지 않은 표정이었다. 하지만 아저씨는 그저 웃기만 하면서 소도둑 같은 손으로 엄마의 어깨를 쓰다듬었다.

아저씨가 다른 쪽 손으로 신문의 광고면을 톡톡 두드리며 말했다.

"있잖아, 89.99달러면 괜찮은 가격 같아. 봐봐! 색깔도 파란색, 노란색에 '환상적인 네온색'도 있네. 한번 따져보기라도 하자구."

엄마는 머리를 뒤로 쓸어 올리더니 얼굴을 몇 차례 실룩거렸다. 하지만 오랜 기간 연습한 성질 죽이기 훈련이 효과가 있는 것 같아 보였다. 그게 아니라면, 비프 아저씨가 그렇게 만들었든가.

코 평수를 늘리며 씩씩거리던 엄마가 정말로 스케이트보드를 사주기로 마음 돌리기라도 한 것처럼 찬찬히 신문을 내려다보았다.

비프 아저씨는 몸을 다시 의자에 기대며 나한테 엄지를 들어올려 보였다. 엄마가 혹시라도 날 볼까 걱정되지만 않았다면, 나도 아저씨한테 미소를 보냈을 거다. 아마 그랬다면, 엄마는 분명 "둘이 짰지!" 하며 난리를 피웠을 테고.

아저씨가 무릎을 탁 치면서 말했다.

"좋아, 그럼! 자기가 광고를 살펴보는 동안, 난 필살기인 애플크리스프(디저트의 일종:옮긴이)를 준비하는 게 어떨까? 괜찮은 생각이지, 귀염둥이?"

난 고개를 끄덕였다.

"좋았어! 앤디, 자기도 괜찮지?"

엄마는 꼼짝도 않고 있었다. 허리를 굽히고 신문에 몰두해 있는 엄마 모습이 마치 공포영화에서나 나올 법한 정신 나간 수도승처럼 보였다.

"앤디?…… 애플크리스프 먹을 거냐고? 자기야? 여보세요!"

아저씨가 엄마의 팔을 툭 쳤다.

신문을 보다 말고 엄마가 고개를 들었다. 엄마의 눈에 광기 어린 빛이 서려 있었다.

엄마가 입을 열었다.

"이게 뭐야! 말도 안 돼!"

갑자기 무시무시한 앞날의 한 장면이 내 눈에 아른거렸다. 어쩜 이리도 멍청할까? 이런 게 바로 엄마의 특기인데.

난 얼른 말했다.

"아, 안 돼. 안 돼요! 이미 끝난 얘기니까 다시 꺼낼 생각일랑 하지도 마세요! 엄마라도 소용없어요. 절대 안 돼요."

그러자 엄마가 내 쪽으로 팔을 저으며 말했다.

"스케이트보드? 지금 그게 문제야? 여기 좀 보라구!"

엄마가 나한테 신문을 보여주며 스케이트보드 광고 바로 위에 실린 기사를 가리켰다.

과실치사

::
고의로 해할 의도 또는 사전 계획 없이 사람을 죽이는 불법행위.
고의적인 의도가 없었다는 점에서, 살인과는 차이가 있음.
::

'국민영웅' 경비원, 과실치사 혐의로 기소

법원 출입기자, 줄리아 리버스

1년 전, 핼리팩스 경찰은 당시 대학 경비원이던 찰스 척 던커크 씨를 영웅으로 칭했다. 하지만, 지금은 그를 다른 이름으로 부르고 있다. 바로 '피의자'다.

어제, 대중 앞에 나서기를 부끄러워하는 여든 살의 노인이 세계적으로 명성을 떨친 미국 과학자 어니스트 샌더슨 박사를 죽음에 이르게 한 혐의로 공식 기소됐다.

사람들의 마음을 뭉클하게 만든 희생정신에서 시작됐던 한 사건이 기이하게도 꼬이고 있다.

샌더슨 박사가 만든 '마시면 치아 미백 효과가 있는' 것으로 널리 알려진 글리모치노는 그를 세계 최고의 부자 대열에 들게 만들었지만, 그가 보여줬던 '바닷물이(Sea-louse)'를 향한 열정은 무척이나 불미스러운 결과를 낳고 말았다.

스탠퍼드 대학 출신의 이 생물학자는 바닷물이라는 작은 갑각류 생물을 연구하기 위해 지난해 3주간의 연구 일정으로 핼리팩스를 찾았다. 샌더슨 박사가 핼리팩스에 머무는 동안, 당시 66세이던 그는 람보르기니 컨버터블을 타고 스프링가든 로드를 과속으로 질주하며 핼리팩스 주민들, 특히 교통경찰에게 자신의 존재를 뚜렷이 알리곤 했다.

샌더슨 박사는 캘리포니아로 돌아가기 3일 전인 2월 4일 늦은 밤, 체다북토 대학의 한 연구실에서 홀로 연구를 하고 있었다. 당시 건물 안에는 입사 2주째인 경비원 척 던커크 씨를 제외하곤 아무도 없었다.

던커크 씨의 증언에 따르면, 도와달라는 비명 소리를 듣고 던커크 씨가 3층 복도로 뛰어 올라가보니 샌더슨 박사가 작은 불을 끄려 애쓰고 있었다. 던커크 씨는 불을 끄기 위해 파워파우더(세제제의 일종:옮긴이)를 불꽃을 향해 던졌다.

　불행하게도, 파워파우더가 폭발했고 화재 현장에는 검은 연기가 가득 찼다. 던커크 씨는 불꽃과 유독가스를 헤치고 들어가 샌더슨 박사를 연구실 밖으로 끌고 나왔다. 던커크 씨는 119에 신고했지만, 신고 후 7분 만에 구급대원이 도착했을 때 박사는 이미 질식으로 사망한 후였다.

　던커크 씨 자신도 연기를 많이 마셔서 치료가 필요한 상태로 병원으로 후송되었고, 치료를 받고 다음날 퇴원했다.

　비극적인 사건이 전해지면서, 던커크 씨는 일약 영웅 대접을 받았다. 그러나 컴벌랜드 카운티 출신답게 부드러운 억양을 가진 그는 전 세계 언론의 관심에도 불구하고 자신의 행동이 세상에 알려지는 것을 한사코 거부해왔다. 언론과 단 한 차례 가졌던 전화 인터뷰에서, 그는 샌더슨 박사의 가족들에게 애도의 뜻을 전하고, 자신은 단지 노바스코샤 오지 출신의 평범한 사람일 뿐 영웅이 아니라는 입장을 밝혔다.

　그러나 샌더슨 박사의 죽음을 비통해하던 그의 미망인은 의혹을 제기하며 척 던커크 씨를 과실치사 혐의로 고발하기에 이르렀다. 그가 기소되었다는 소식을 듣고 던커크 씨를 옹호하는 성난 군중이 어제 핼리팩스 법원 앞에서 시위를 벌였다. 그들은 '척 던커크는 살인자가 아니다'라는 팻말을 들고 가두시위를 벌였다.

던커크 씨를 기소한 마이클 램버트 주정부 검사는 "척 던커크 씨는 살인자가 아니라는 말에 전적으로 동의합니다. 살인이란 의도된 목적을 가지고 누군가를 살해하는 행위입니다. 던커크 씨가 샌더슨 박사를 의도적으로 살해했다고 비난하는 사람은 아무도 없습니다. 사실 우리는 던커크 씨가 실제로 박사를 구하려고 애썼다는 사실을 알고 있습니다. 안타깝게도, 던커크 씨의 행위가 비록 선의에서 나온 것일지라도 발화점에 인화성 물질을 분사하는 행위는 하지 말았어야 한다는 것이 검찰 측의 쟁점입니다. 그런 이유로 던커크 씨를 과실치사로 기소할 수밖에 없었던 것이죠. 과실치사는 '계획적 범행 의사' 없이 우발적으로 누군가를 사망에 이르게 하는 행위로 규정되어 있습니다. 던커크 씨의 유죄를 입증하기 위해, 검찰은 던커크 씨가 '그러한 상황에서 충분히 조심하고 주의 깊게 행동'하지 못함으로써 샌더슨 박사를 사망케 했다는 사실을 밝힐 것입니다"라고 말했다.

그 사실을 입증하는 것이 쉽겠느냐는 질문에 램버트 검사는 "그건 매우 간단한 문제입니다. 파워파우더의 포장에는 불연성

소재나 독성물질과 마찬가지로 누구라도 알아볼 수 있도록 경고 표시가 인쇄되어 있습니다. 던커크 씨는 건물의 관리 및 유지보수에 관해 충분히 교육을 받은 인력입니다. 검찰은 배심원들이 던커크 씨가 불을 끄는 데 파워파우더를 사용한 행위를 직무태만으로 판단하고, 결과적으로 던커크 씨에게 과실치사죄를 선고할 것으로 확신하고 있습니다."

공판은 현재, 던커크 씨가 변호사를 선임할 때까지 연기된 상태다.

기소

::
법률에 규정된 처벌을 받을 행위를 한 사람에게 문서를 통해
책임을 묻는 행위. 고발.
::

엄마는 흔히 말하는 '법률천국'에서 살고 있는 셈이다. 거물급 유명 과학자를 구하기 위해 자기 목숨을 건 경비원이 과실치사죄로 기소되다니? 내 말은, 이런 소송이야말로 엄마가 늘 꿈꾸던 사건이란 얘기다! 이 사건은 엄마가 늘 원하는 모든 것들을 갖추고 있었다. 부자 대 빈민. 배운 사람 대 배우지 못한 사람. 치아미백제로 백만장자가 된 사람 대 순수한 영웅.

엄마는 터져 나오려는 웃음을 간신히 억누르며 흥분해서 말했다.
"다른 사람의 목숨을 구하려 한 사람을 기소한다고?! 어처구니가 없네! 이건 순전히 샌더슨이란 사람이 부자이기 때문이라구! 이게 무슨, '판결은 그때그때 달라요'야 뭐야? 샌더슨 박사의 미망인이란 여잔 못 먹는 감 찔러나 본답시고 소송을 건 거야? 중세 이후로 아직도 이 세상은 변한 게 아무것도 없다니까! 진짜야. 아직도 부자들이 법을 쥐락펴락한단 말이지!"

비프 아저씨가 끼어들었다.

"저기, 앤디……."

하지만 그건 불난 집에 부채질하는 꼴이었다.

"아니, 정말이야! 장난 아니라구! 이런 일이 반대로 일어났다면 어땠겠어? 유명한 백만장자가 한낱 경비원을 구했다면 어땠겠냔 말이야. 그래도 과실치사니 뭐니 하며 소송을 걸었을까? 그래? 턱도 없는 소리! 소송이란 건 꿈도 못 꿀걸!"

비프 아저씨는 그 말에 잠시 움찔거렸다. 엄마는 아저씨를 만난 이후로 거친 말 하는 걸 잘 참아왔다. 그러니 아저씨가 그런 식으로 내뱉는 엄마의 말투가 달갑지 않은 건지, 아니면 엄마의 항변에 그저 동의하지 않을 뿐인지는 확실히 알 수가 없었다.

글쎄. 그동안 엄마랑 함께 살아오면서 나도 모르게 세뇌가 되었는지 몰라도, 엄마의 말이 일리가 있다는 생각이 들었다. 나 역시도 TV에 자주 얼굴을 내비치는 잘나가는 대학교수한테 수갑을 채울 배짱이 검찰에 있는지는 의심스러웠다.

내 앞에 놓인 애플크리스프 위의 아이스크림이 채 녹기도 전, 엄마는 벌써 척 던커크란 사람을 찾아내 직접 전화를 걸어 변호를 맡아주겠다고 제안했다.

그때가 최근 몇 달 동안, 내가 엄마를 오랜 시간 볼 수 있었던 마지막 순간이었다. 엄마는 저녁 먹을 시간이 돼서야 집으로 부랴부랴 달려와, 입 안에 음식을 가득 넣은 채로 식사 예절이 어떻고 숙제는 어떻고 치실 사용법은 어떻고 하면서 나한테 잔소리를 해대곤, 이내 사무실로 다시 나가 소송 준비를 하곤 했다. 엄마의 인생을 통틀어 그토록 활기찬 모습은 본 적이 없었다.

비프 아저씨는 우리 집 열쇠를 하나 더 복사해 가지고 다니면서 비번일 때면 항상 우리 집에 들렀다. 내 생각엔 아무래도 엄마가 아저씨한테 나를 잘 감시하라고 시킨 듯했지만, 막상 아저씨의 행동을 보면 그런 것 같지는 않았다. 아저씨에 대해 충분히 알지 못했다면, 그저 싸돌아다니기 싫어서 집 안에만 콕 박혀 있는 사람이라고 생각하기 십상이었을 거다.

일단 아저씨의 몸에 배어 있는 군인 기질 같은 걸 겪고 나니, 알고 보면 아저씨도 나쁜 사람은 아닌 것 같았다. 아저씨는 카드 게임을 곧잘 했지만, 그렇다고 아주 특출하게 잘하는 것도 아니어서 대부분의 경우 내가 이겼다. TV 취향도 별로 문제되지 않았다. 아저씨는 뉴스에서 엄마의 재판 소식을 보는 것보다 무슨 프로그램이든 본방 사수가 더 중요하다고 생각하는 사람이었다. 게다가 내 입맛도 점점 아저씨의 그 건강식들에 적응이 되고 있었다. 하긴, 엄마가 만들어준 음식 중에서 그나마 고기 맛에 가까웠던 건, 국수 위에 닭고기 맛 수프를 살짝 뿌렸을 때가 고작이었으니까.

내가 아저씨한테 호감을 갖게 된 데에는 또 다른 이유들이 있지만, 일일이 말하자면 얘기가 길다. 그렇다고 아저씨가 너무 재미

있는 사람이라든지, 정말 똑똑하다든지, 혹은 나한테 번번이 용돈을 쥐어준다든지 하는 이유는 아니다. 그렇게 콕 집어 말할 수 있는 종류의 이유가 아니다.

나도 그게 뭔지 명확히 설명할 수는 없다.

하루는 비프 아저씨가 콧노래를 부르면서 음식물 쓰레기통을 닦는 모습을 보고, 한 달 전쯤에 내가 치우기로 했던 게 생각난 적도 있다.

글쎄, 내가 아저씨를 좋아하게 된 건 아저씨가 아주 평범한 사람이란 생각이 들어서인지도 모르겠다.

엄마는 툭하면 문을 쾅 닫고, 사람을 덥석 안거나 머리가 젖혀질 만큼 껄껄 웃기도 하지만, 아무도 자기가 우는 모습은 보지 못하게 하는 그런 사람이다. 엄마는 우리가 지금 살고 있는 이 집과도 닮았다. 우리 집은 절절 끓을 정도로 덥거나, 화장실이 얼어붙을 만큼 춥거나, 둘 중 하나다. 모 아니면 도다. 아무튼 엄마가 집주인을 고발해서 새 온도 조절기를 설치하기 전까지는 그랬다.

그런 점에서 비프 아저씨도 닮았다. 아저씨는 '인간 온도 조절기'다. 아저씨는 모든 걸 기분 좋게, 그리고 공평하게 다룬다. 절대로 남의 화를 돋우는 일을 하지 않고 화를 내지도 않는다. 그저 이렇게 말할 뿐이다. "방을 좀 치워야 할 때가 된 것 같구나." 그러면 난 내 방을 휙 둘러보곤 속으로 생각한다. '그러게요. 아저씨 말이 맞네요.' 아저씨가 "아스파라거스를 먹을 땐 레몬즙을 뿌려서 먹어봐. 틀림없이 맛있을 거야." 하고 말하면 난 아저씨 말대로 한다. 심지어 아저씨는 TV를 보기 전에 숙제를 끝내는 게 맞다고 날 '설득'시키기도 했다. 아저씨에겐 왠지 모르게 옳은 일을 하게 만드는 그런 '포스'가 있었다. 그건 순전히 심리적인 문제이겠지만, 딱히 나한테 문제가 될 건 없었다. 아저씨의 그 포스는 엄마에게도 효과가 있었다.

엄마는 여전히 양치질이 어떠니 학교가 어떠니 하며 날 성가시게 하고 있었지만, 그러면서도 미소를 잃지 않는 엄마의 모습을 난 읽어낼 수 있었다. 엄마는 여전히 소위 '세상의 부당함'에 대해 우려하고 있었지만, 그렇다고 저녁식사 시간의 기분까지 망치지는 않았다. 엄마의 그런 모습은 뭔가 달라 보이기까지 했다.

이제야 진정한 가족의 일부가 된 것 같았다. 비프 아저씨가 나타난 이후로, 난 티셔츠만 걸치고도 부담 없이 돌아다닐 수 있게 되었다. 내 말이 무슨 뜻인지, 아는 사람은 알 거다. 너무 더워서 바싹 구워질까 걱정할 필요도 없고, 얼어 죽을까 걱정할 필요도 없어졌다. 마침내 난 적당한 환경에서 살게 된 거다.

그러던 어느 날 밤, 비프 아저씨와 난 2인용 소파에 앉아 특대 사이즈의 레일로더스 피자(밖에서 시켜 먹는 음식 중에서 아저씨가 유일하게 별 말이 없었던)를 나눠 먹으며 TV를 보고 있었다. 내가 오릴리아 출신의 눈이 툭 튀어나온 미용사가 서바이벌 게임쇼에서 탈락하리라는 데 5달러를 걸고 있는데, TV 화면에 뉴스 속보가

떴다.
 그전까지는 아무렇지도 않았는데, 갑자기 이상한 기운이 맴돌기 시작했다.

법정모욕

법정의 안 또는 밖에서 법정의 질서를 위반 또는 방해하거나,
법정을 무시하는 행위

제프 레너드의 뉴스 속보!

제프 시청자 여러분, 안녕하십니까! 방금 들어온 소식입니다. 3주 내내 법정에서 공방을 벌여온 영웅 경비원 사건이…… 종결되었습니다. 5명의 남성과 7명의 여성으로 구성된 배심원단이 장장 6일 동안 척 던커크 씨의 거취에 대해 공방을 벌였는데요. 쟁점은 바로, 이 착한 사마리아인이 글리모치노를 발명한 어니스트 샌더슨 박사를 과실치사로 사망케 했다는 혐의에 유죄를 선고하느냐는 것이었습니다. 판결이 나왔다고 하니 현장에 나가 있는 에바 잭슨 기자를 연결해보겠습니다. 에바 기자!

에바 에바 기자입니다.

제프 척 던커크 씨가 무죄를 선고받았나요? 아니면 잔인한 운명의 장난으로 배심원들이 유죄를 선고했나요?

에바 네, 방금 전 배심원들은 찰스(척은 찰스의 애칭임:옮긴이) 비커튼 던커크 씨에게 '우수관리 인증' 수여와 함께 무죄를 선고했습니다!

제프 던커크 씨에게 씌워진 혐의들을 한 방에 날려버리는 소식이군요. 판결이 내려졌을 때 법정 안의 모습은 어땠나요?

에바 그야말로 난리가 아니었습니다. 세간의 이목을 끌었던 이 재판이 진행되는 동안, 판사인 어거스투스 리처드슨 3세는 진행 과정이 언론에 노출되는 것을 막기 위해 많은 조치를 취했습니다. 법원은 카메라 촬영을 금지하고 지시에 협조하지 않는 몇몇 방청객들에게 법정모욕죄로 소환장을 발부하는 등 던커크 씨의 프라이버시를 보호하기 위해 최선을 다하는 모습이었습니다.

하지만, 정작 '무죄' 판결이 내려지자 제아무리 리처드슨 판사라 할지라도 떠나갈 듯 소란스러운 법정을 진정시킬 수는 없었습니다. 던커크 씨의 변호를 맡은 변호인은 항상 다채로운 모습을 보여주는 앤디 매킨타이어 씨였는데요, 그녀는 재판에서 이기자 경기에서 승리한 쿼터백처럼 하늘 높이 주먹을 치켜들었습니다.

한편, 반대편에 앉아 있던 전 미스 USA 치은염 출신이자 고 샌더스 박사의 젊은 미망인인 섀넌도어 보스윅 샌더슨 씨는 크게 흐느끼며 상심한 감정을 드러냈는데요, 정성들여 치장한 자신의 화장이 망가지는 것도 크게 개의치 않는 모습이었습니다.

제프 그녀답지 않은 모습이군요. 미망인은 슬픔에서 회복이 되었나요?

에바 네, 그녀는 잠시 눈화장을 손본 뒤 지금 제 옆에 있습니다. 섀넌도어 씨, 경황이 없으실 텐데 저희 뉴스에 시간을 내주셔서 고맙습니다.

섀넌도어 별 말씀을요.

에바 우선, 모든 사람들이 궁금해할 거라는 생각이 드는데요. 입고 계신 옷이 어느 브랜드인가요?

섀넌도어 제 옷요?…… 아, 음, 정장은 베르사체고 블라우스는 구찌, 구두는 마놀로 블라닉이에요.

에바 들고 계신 건요?

섀넌도어 이거요? 바로 그 분말이 들어 있던 포대인데요.

에바 아뇨, 그 지갑 말예요.

섀넌도어 오, 이런. 케이트 스페이드 제품이죠.

에바 멋진 옷차림에 딱 어울리는군요. 지금이야 검은색 정장이 '미망인'임을 말해주고 있지만, 여전히 멋지시군요. 고인의 네 번째 미망인으로서 판결에 대해 어떻게 생각하시나요?

섀넌도어 너무 충격이 크네요. 제 입장에서 보면 척 던커크 씨는 살인을 저지르고도 풀려난 꼴이죠.

에바 과실치사를 말씀하시는 거죠?

섀넌도어 살인이든 과실치사든 마찬가지죠. 뭐가 됐든 남편은 죽었고, 다 던커크 씨의 잘못입니다! 구조대원들이 말하길, 연구실에서 일어난 불은 영웅이라고 불리는 그 사람이 남편을 '살리겠다'고 나서기 전까지는 아이들 불장난 수준의 작은 화재였다고 했으니까요. 대체 그 사람은 무슨 생각으로 그랬을까요? 자, 보세요. 여기 이렇게 커다란 글씨로 쓰여 있는 거 보이시죠?

에바 조지, 여기 포대 위를 좀 확대해서 잡아주실래요? 시청자 여러분을 위해 읽어드리죠. '파워파우더. 위험. 화기나 고온 근처에 두지 말 것. 가연성. 열을 가하면 유독성 물질이 발생하고 흡입 시 사망할 수 있음.'

섀넌도어 바로 그거예요! 어려운 말도 아니잖아요, 안 그래요? 저처럼 멍청한 사람도 바로 멀리 치웠을 거예요. 그런데 던커크 씨는 어떻게 했나요? 그 사람은 그 인화성 강한 물질을 불에 퍼부었어요! 그래서 폭발이 일어났단 말예요! 남편을 구한답시고! 그게 말이 되나요!

에바 정말 속상하셨겠습니다.

섀넌도어 네, 맞아요. 너무 가슴이 아파요. 하지만, 남편을 잃었다는 사실보다 제 가슴을 더 아프게 하는 게 뭔지 아세요?

에바 속상해서 우느라 번진 마스카라 자국 때문인가요?

섀넌도어 아뇨…….

에바 아, 죄송해요. 그럼 당신을 그토록 속상하게 만든 게 무엇인가요?

섀넌도어 척 던커크 씨 때문에 제 남편이 죽었는데, 지금 모든 사람들이 그 사람을 영웅이라고 부르고 있다는 거예요! 남편이야말로 영웅이었어요. 남편은 훌륭한 일을 많이 했죠. 저를 위해, 가난한 사람들을 위해, 또…….

에바 저기요, 섀넌도어 씨. 울지 마시고요. 누가 좀 섀넌도어 씨를 모셔가주실래요? 고마워요…… 제프, 섀넌도어 씨가 아주 좋은 지적을 해주신 것 같습니다. 환하게 웃지 못하는 고통을 겪어본 사람이라면 누구나 샌더슨 박사를 영웅으로 생각할 것입니다. 저를 포함한 대부분의 사람들은 글리모치노에 단순히 개인적 기호가 아닌 사회생활에 대한 빚을 지고 있는 셈입니다. 샌더슨 박사의 죽음은 방송처럼 출연자의 환한 미소가 중요한 분야에서는 비극적 손실이 아닐 수 없습니다.

제프 에바 기자, 대단히 중요한 지적을 해주셨군요. 샌더슨 박사의 사망으로 바닷물이 관련 업계 역시 타격이 심할 게 분명합니다. 무시할 수 없는 상황이네요.

에바 맞습니다. 결코 간과할 수 없는 부분이죠. 섀넌도어 씨가 마음을 가라앉히는 동안 저는 저쪽으로 가서 척 던커크 씨의 변호를 맡았던 앤디 매킨타이어 변호사와 몇 마디 나누도록 하겠습니다. 앤디 변호사님, 제가 보기에 변호사님께선 이번 사건에 남다른 견해를 갖고 계신 듯합니다. 판결에 대해 어떻게 생각하시나요?

앤디 그 질문에 가장 적절한 대답은 법정에서 제가 "우후~!!" 하고 환호를 질렀다는 걸로 대신할 수 있겠네요.

에바 앤디 변호사님, 던커크 씨는 판결이 내려지자 어떤 반응을 보였나요? 공판이 진행되는 동안 그리 '목소리가 큰' 편은 아니었는데요.

앤디 맞아요. 던커크 씨는 평범한 남자입니다. 물론, 판결에 기뻐하고 있고, 이젠 그저 자신의 원래 생활로 돌아가기만을 바라고 있습니다. 원래 하던 대로 건물을 닦고, 먼지를 털고, 오가는 사람들을 지켜보는, 그런 생활로 말이죠.

에바 그럼 공판에 대해 여쭤보겠습니다. 배심원들이 판결을 내리기까지는 거의 일주일이란 시간이 걸렸는데요. 혹시 판결이 예상과 다르게 내려지지 않을까 걱정되진 않으셨나요?

앤디 아, 물론 걱정됐죠. 바로 사회에 대한 걱정이죠! 뭐랄까, 생각을 해보세요! 던커크 씨는 자신의 근무가 끝났지만 자발적으로 초과 근무를 자청했고, 알지도 못하는 이방인의 목숨을 구하기 위해 위험을 무릅썼고, 그 결과로 주어진 모든 공로를 자신은 받을 자격이 없다면서 거절했습니다. 그런데도 배심원들은 그가 유죄가 아니라는 판결을 내리기 위해 6일 동안이나 고민했습니다. 세상이 어찌 되려고 이러는 겁니까? 검찰 측의 기소는 단 2분 만에 기각되고 던커크 씨는 훈장을 받았어야 할 일이라구요! 배심원들은 그동안 도대체 뭘 한 건가요? 카드 게임을 하고 있었나요? 밤새 파티라도 벌였나요? 그랬으니 이 사건에 대해 심사숙고할 시간이 없었던 거죠!

에바 정작 당신의 의뢰인은 변론 때 증인대에 서지 않았죠. 의뢰인은 언론과의 접촉을 일절 거부하고 인터뷰나 사진을 찍는 것은 물론, 자신의 이야기를 소재로 한 드라마 제작 요청까지도 거절했습니다. 이제 누명을 벗었으니 CJCH 뉴스와의 인터뷰 정도는 수락하지 않을까요? 최소한 사진이라도. 우리 방송국은 던커크 씨에 대해 좀 더 알고 싶은 마음이 간절합니다.

앤디 아뇨. 던커크 씨는 그런 사람이 아닙니다. 하지만, 이 사건이든 혹은 다른 사건으로 CJCH 방송국에서 인터뷰를 요청한다면 저는 언제든 대환영입니다.

에바 아, 네. 그렇군요. 아무튼 고맙습니다. 자, 스튜디오의 제프 앵커에게 마이크를…….

앤디 잠깐! 저기요, 카메라맨 아저씨! 죄송합니다. 저를 한 번 더 카메라에 담아주실 수 있을까요? 네. 한 가지만 더 말해도 될까요?

에바 아, 네. 그러시죠.

앤디 시릴! 사랑하는 아들! 엄마 키스 받아! 제 아들예요. 시릴 매킨타이어.

무고

::
합당한 근거 없이 어떤 사람을 상대로 고의적 또는 악의적으로
소송을 행사하는 행위
::

척 던커크는 감자튀김을 먹으면서, 산적 같은 턱수염에 부스러기를 잔뜩 묻히고 있었다. 대부분의 이가 빠지고 없는 구강 구조를 고려할 때 입 안에 가만히 음식을 넣고 있기가 힘들다는 걸 이해하지만, 그는 전혀 조심하려고 노력하지 않는 것처럼 보였다. 그 모습이 마치 한겨울의 제설차를 연상시킬 지경이었다.

난 안쓰러움에 그를 쳐다볼 수가 없었다. 아무 생각 없이 쳐다봤다간, 아마 몇 주 동안 악몽에 시달릴지도 모르니까.

하지만…… 지지리 복도 없지. 난 그를 안 쳐다볼 수가 없었다. 잠자코 지켜볼 수밖에 없었다. 그것도 다 내 계획의 일부였다.

안 그러면 '우리의' 계획을 털어놓아야 할지도 모르니까.

그날 저녁식사는 사실 비프 아저씨의 아이디어였다. 엄마가 소송에서 이긴 걸 축하하기 위해 뭔가를 준비한다면, 엄마도 기세가 꺾여서 결국 나한테 스케이트보드를 사주고 싶은 마음이 들 거라

는 이유에서였다. 아저씨는 여차하면 자기가 직접 나서서 엄마한테 그 얘길 하겠다고 장담하기까지 했다.

내가 아저씨한테 약속 꼭 지키라고 신신당부를 하고 나서야, 나머지 사람들이 모두 집에 도착했다. 이렇게 엄마가 기분 좋을 때를 놓치지 말고 바로 행동에 들어가야 한다. 대개의 경우, 엄마가 기분이 좋은 시간은 재채기하는 시간보다도 짧은 게 보통이다.

난 요리를 돕고 청소를 하고 채소 껍질을 벗기는 데 세 시간이나 할애했다. 그 유명한 척 던커크라는 사람을 맞이하기 위해서 말이다. 새 스케이트보드가 왔다 갔다 하는데 손질이 덜 된 감자를 내놓을 순 없는 일이었다. 뭐든 쌈박하게 준비해야 했다.

우리는 모두 보잘것없는 주방 식탁 앞에 끼어 앉았다. 비프 아저씨와 내가 식탁을 거실로 끌고 나왔더라면 앉을 공간이 넉넉했을지도 모른다. 엄마의 법률사무소 동업자인 아툴라 바르마 아줌마, 그리고 던커크 씨는 2인용 소파에 앉는 영광을 차지했다. 그 바람에 나머지 세 사람은 주방 의자에 앉을 수밖에 없었다.

난 고개를 들고 전혀 흠잡을 데 없는 아들처럼 보이게끔 미소를 지었다.

여전히 던커크라는 사람은 낯설었다. 그는 내가 예상했던 모습과는 딴판으로 보였다. 신문이나 TV에서 본 그의 모습은 머리 위에 두 손을 얹고 있는 모습뿐이었으니까. 기자들이 떠들어대던 건 늘 그가 얼마나 겁이 많은지에 관한 얘기였다. '소심하다'는 둥,

'대중 앞에 노출되는 것을 꺼린다'는 둥, '변변치 않다'는 둥. 기자들이 쓰는 말은 죄다 그런 말이었다. 멍청하게도, 난 던커크 씨가 덩치가 작은 사람인 줄만 알았다. 겁이 많다느니 하는 말은 덩치가 작은 사람한테나 어울리는 말이니까 말이다.

하지만 던커크 씨는 덩치가 작은 사람이 아니었다. 그는 비프 아저씨만큼이나 키가 컸는데, 우리 학교 지리 선생님의 말을 빌리자면 '땅덩어리가 많은' 그런 타입이었다. 솔직히 말하면, 산타할아버지의 전과자 동생쯤으로 보인다고나 할까. 그의 배는 젤리과자로 가득 차 있을 것만 같은 산타할아버지의 배를 연상시켰고, 턱수염도 그랬다. 하지만, 던커크 씨의 얼굴은 북극에서도 절대 편안하게 볼 수 있는 얼굴이 아니었다. 거짓말 하나도 안 보태고, 다 빠지고 없는 앞니에 주먹코, 툭 튀어나온 눈두덩은 오후에 털을 다 뽑고 속을 채워 넣었던 생닭의 가슴과 꼭 닮은 모습이었다.

그는 소심한 사내치곤 확실히 말수가 많았다. 누군가 그의 성장 배경에 대해 물었더니, 그는 곰가죽 같은 속옷을 얼마나 자주 갈아입는지만 빼곤 노바스코샤에서 자랐던 어린 시절 얘기를 시시콜콜 늘어놓았다. 무척이나 지루한 얘기였지만 난 시종일관 미소를 잃지 않았다. 그는 영웅이니까. 엄마한테 인생 최고의 승리를 안겨준 의뢰인이니까. 이제 곧 스케이트보드 얘기를 꺼낼 작정이니 즐겁지 않을 이유가 있겠어?

아툴라 아줌마도 두 사람이 공평하게 나눠 앉아야 할 2인용 소파를 던커크 씨가 92퍼센트쯤 차지했다고 해서 못마땅해하는 눈치는 아니었다. 아줌마는 이제 소송이 끝났으니 어쩔 계획이냐고 던커크 씨에게 물었다. 그러자 토요일 아침에 스케이트보드를 사러 가기로 한 계획이 떠올랐다. 엄마가 나한테 한 약속을 확인시킬 겸, 난 마땅히 그럴 만한 자격이 있다는 표정으로 엄마를 쳐다보았다.

순간 웃음이 터지려는 걸 간신히 참았다. 엄마의 머리카락에 온통 감자튀김 부스러기가 붙어 있었다. 마치 엄마가 주인공인 크리스마스 특별 쇼의 한 장면을 보는 듯했다. 그 상황에서 폭풍우가 몰아친다 한들 엄마는 신경도 안 쓸 것 같았다. 엄마는 남들이 결혼 프러포즈를 받을 때, 혹은 〈TV 진품명품쇼〉에서 정확히 가격을 맞췄을 때나 지을 법한 표정을 짓고 있었다. 엄마의 두 눈은 초롱초롱 빛났고 엄마의 머리는 무척이나 흥분했는지 마치 목에서 발사되기 직전처럼 흔들리고 있었다.

식탁을 탁 치더니 엄마가 말을 꺼냈다.

"물론이죠, 척! 훌륭한 생각이에요! 내가 왜 그 생각을 못했을까? 경찰이 당신한테 시련을 준 만큼 우리도 그들한테 대가를 치르게 하자구요!"

던커크 씨는 어안이 벙벙한 표정을 지으며 말했다.

"글쎄요…… 내 쌩각이 얼마나 훌륭한지는 잘 모르겠네요, 앤디. 내 쌩가이 틀릴 쑤도 있지 않아요? 난 그저 가방끈도 짧고 뭣도 없는 단쑨한 싸람이지만, 그들을 무고죄로 고쏘하면 이길 쑤도 있쓸지 모르죠."

그는 자기 가운뎃손가락을 핥은 다음 안경을 코 위로 치켜올려썼다. 그러곤 능글맞게 잇몸을 드러내며 웃음을 지었다.

아툴라 아줌마가 늘 몸에 걸치고 다니는 스카프를 손가락으로 빙빙 돌리기 시작했다. 뭔지는 모르겠지만 던커크 씨가 하는 말 중에 아줌마의 심기를 불편하게 만드는 구석이 있는 듯했다.

"던커크 씨, 제가 한 가지 조언을 드려도 될까요? 물론, 경찰을 상대로 무고죄로 고소한다는 발상은 흥미롭긴 하지만, 가장 힘든 소송이 될 게 분명해요. 경찰이 당신을 과실치사 혐의로 기소할 만한 근거가 전혀 없었다는 걸 증명해야 하니까요. 사실, 이번 사건으로 당신을 기소한 행위는 좀 불쾌하단 느낌이 들 정도에 불과해요."

아줌마는 입술을 꽉 깨문 채 어깨를 으쓱거렸다.

"당신이 그 일을 잘해낼 수 있을지도 의문이에요. 파워파우더에 적절한 경고 문구가 있었는데, 당신이 그걸 불 속으로 던지는 바람에 결과적으로 불쌍한 샌더슨 박사만 죽게 되었다는 사실이 이미 법정에서 밝혀졌잖아요. 경찰은 이미 충분한 근거를 가지고 당신을 기소한 거예요. 당신은 운 좋게도 능력이 뛰어난 변호사를 둔 덕에, 그 사고는 흥분한 나머지 저지른 실수라고 배심원단을 설득할 수 있었죠. 아무리 이성적인 사람일지라도 실수할 수 있는 법이니까. 그 덕에 당신은 무죄 판결을 받은 것이구요. 나 같으면 운이 좋았다고 생각하고 잠자코 있겠어요, 순진한 아저씨."

그 말에 엄마가 웃음을 터뜨렸다.

"아무렴요. 그런데 그거 알아요? 나 같으면 한번 붙어보겠어요!"

엄마는 이길 수도 있고 질 수도 있다는 사소한 걱정 때문에 소송을 포기할 수는 없다고 열변을 토했다.

"내 말은, 그러니까, 우리가 잃을 것도 없잖아요?"

그러자 아툴라 아줌마가 말했다.

"음, 한 가지 예를 들자면, 상당한 시간이 걸린다는 거지. 이런 소송은 몇 년씩이나 걸릴 수 있어. 그럼 누가 그 비용을 부담할 건데?"

'그게 무슨 대수라고' 하는 표정으로 엄마가 고개를 흔들었다.

"제가 성공보수 조건으로 하겠어요."

아툴라 아줌마는 긴 한숨을 쉬더니 입술로 웃는 표정을 지었다. 아줌마는 어느 것도 마음에 들지 않는 것 같았다. 엄마는 애써 외면하고 있었다. 무언가 일이 벌어지고 있었다. 그 바람에 나도 조바심이 나기 시작했다.

"좋~아요." 내가 말했다. "궁금한 게 두 가지 있는데요. '성공보수'라니, 그게 무슨 뜻예요? 그리고 합법적이긴 한 거예요?"

엄마가 웃음을 터뜨렸다.

"아이고, 시릴! 그걸 말이라고 하니. 그건 말이야, 엄마가 소송을 진행하는 동안 던커크 씨는 한 푼도 들일 필요가 없다는 말이야. 대신에, 승소했을 경우 법원에서 보상하는 돈의 일부를 엄마가 받을 수 있지."

"승소했을 경우에만." 아툴라 아줌마가 말했다. "물론, 소송에서 지면 한 푼도 받을 수 없지. 더구나, 소송을 진행하는 동안 돈이 되는 다른 의뢰인 사건에 신경 쓸 시간도 없을 테고."

엄마는 무언가 반박하려고 입을 떼려다가 말았다. 비프 아저씨가 호박치즈케이크를 담은 커다란 프라이팬을 들고 들어왔기 때문이다.

"미안합니다, 여러분. 이번엔 좀 오래 걸렸네요. 프라이팬에 문제가 있어서요."

어쩜 그리도 맛있게 보이냐고, 아툴라 아줌마가 침을 튀기며 말했다. 틀린 말은 아니었지만, 당장은 엄마와 더 이상의 논쟁으로 치닫는 걸 원치 않아서인 듯했다.

그건 나도 마찬가지였다. 어쨌든 저녁식사의 가장 큰 목적은 엄마가 나한테 새 스케이트보드를 사주게끔 분위기를 조성하는 것이니까.

다행히도, 엄마는 달짝지근한 당분을 섭취하면 복잡한 생각에서 벗어나는 경향이 있었다. 엄마는 케이크를 한입 먹어보더니 맛이 끝내준다고 신음소리를 내기까지 했다. 즐겁게 디저트를 먹고 있는 우리를 보며, 던커크 씨가 썰렁한 말장난을 몇 마디 꺼냈다. 하지만 무슨 얘기인지 알아들을 수 없었기 때문에 그는 같은 말을 몇 번 더 해야만 했다. 나도 "음~ 맛있어"를 연신 해대며 비프 아저씨한테 미소 지었다. 그런데 아저씨는 전혀 눈치를 못 채고 있었다. 아저씨는 던커크 씨를 바라보고 있었다.

눈 깜짝할 사이, 아니 그보다도 더 짧은 시간에, 난 뭔가를 느낄 수 있었다.

던커크 씨와 비프 아저씨 사이에 뭔가가 있었다. 표정 때문인지, 아니면 단순히 어떤 느낌 때문인지는 잘 모르겠다. 워낙 순식간에 일어난 일이어서 뭐라고 표현하기가 어려웠다. 만약 두 사람이 웃기라도 했다면 사적인 농담을 주고받나 보다고 생각하고 말았겠지만, 그들은 웃고 있지도 않았다.

그런 걸로 봐서, 두 사람 사이에 유쾌한 일이 있었을 리는 만무하고, 다른 사람들이 알아서는 안 될 뭔가가 있다는 느낌이 들었다.

난 비프 아저씨를 쳐다봤다. 턱을 당기고 얼굴을 잔뜩 찡그린 채 '도대체 무슨 일이에요?' 하는 표정을 지어 보였다. 하지만, 때는 이미 늦었다. 비프 아저씨는 이미 본래의 모습으로 돌아온 뒤였다.

아저씨는 나한테 윙크를 보내고, 내 머리카락을 매만졌다. 그러곤 이렇게 말했다.

"이봐, 시릴. 인정할 건 인정해야지! 크래커를 부숴놓은 건 내가 아니라 너잖아. 그래서 부스러기로 케이크를 만들 수밖에 없었다구. 안 그래? 그래도 처음 해보는 것치곤 괜찮은 솜씨야, 그렇지?"

아저씨는 팔꿈치로 아툴라 아줌마를 쿡쿡 찔렀다. 그러곤 케이크 한 조각을 더 엄마한테 건넸다. 아저씨는 아무 일도 없었다는 듯 행동했고, 나도 마찬가지로 그렇게 생각했던 것 같다. 한 가지만 빼놓고 말이다.

그건 바로 식사를 마저 끝내는 내내, 비프 아저씨가 던커크 씨를 단 한 번도 쳐다보지 않았다는 사실이다.

단 한 번도.

그렇다고 아저씨를 이상하다고 생각할 수만은 없었다. 던커크 씨는 감자는 무지 싫어하면서도, 치즈케이크를 먹을 때는 마치 굶주린 악당처럼 달려들었다(쩍 벌린 그의 턱은 무시무시한 나방이 노랗고 끈적거리는 방사성 물질을 분비하는 것처럼 보였다). 뭐 그깟 일로 비프 아저씨의 심사가 뒤틀렸겠는가마는, 무척이나 역겨운 모습이긴 했다. 던커크 씨의 뱃속엔 거지가 들어 앉아 있는 게 분명했다. 내 말은, 목 한번 안 막히고 먹을 걸 싹싹 먹어치웠다는 뜻이다.(어떻게 그럴 수 있는지는 잘 모르겠다. 정말이다. 그의 음식 그릇은 순식간에 이동식 화장실과 공포영화 〈쏘우〉의 한 장면을 합쳐놓은 것처럼 변했다.)

이상한 점이 또 하나 있었다. 비프 아저씨는 법원에서 일주일간 다섯 번의 교대근무를 한다. 그런 아저씨라면 던커크 씨의 식탁 예절보다 훨씬 더한 꼴도 겪었을 게 분명하다. 진지하게 하는 말이니 농담으로 받아들이지 말길. 판사 앞에 서는 피고인들이 죄다 마약 소지 혐의를 받는 유명 연예인은 아니다. 그중에는 부자인 사람들도 있지만 가난한 사람들도 있다. 키가 큰 사람, 키가 작은 사람, 노숙자, 미친 사람 등 온갖 부류의 사람들이 있다.

내가 정말 비프 아저씨를 잘못 본 게 아니라면, 분명히 지금 이곳엔 다른 기운이 흐르고 있었다.

지금의 이 사태에 대해 곰곰이 생각하면서 비프 아저씨와 던커크 씨를 번갈아 쳐다보고 있는데, 엄마가 학교에서 빌려온 비디오카메라를 아직 갖고 있느냐고 물었다. 엄마는 이 작은 축하파티를 영상으로 남겨놓고 싶어 했다. 던커크 씨와 아툴라 아줌마는 비디오카메라에 찍히는 걸 난리법석을 떨면서 피했지만, 엄마가 두 사람을 졸라대서 결국 촬영에 성공했다. 내 생각에도 남의 집에서 식사 대접을 받았는데 계속 거절을 한다는 건 쉽지 않은 일일 거다.

난 비디오카메라의 뷰파인더를 보다가 뭔가를 발견했다.

던커크 씨는 여전히 뭔가 비밀스런 얘기를 주책없이 지껄이고 있었다. 엄마는 그 옆에 앉은 채, 던커크 씨를 향해 웃기도 하고 움기도 하고, 뚫어져라 바라보기도 하는 것이 마치 이 세상에서 가장 매력적인 남자를 보고 있는 듯했다. 엄마는 눈을 깜빡거리며 그를 쳐다보고 있었다. 아마도 엄마한테 튀어 날아드는 과자 부스러기들 때문이겠지만, 어떻게 보면 추파를 던지는 것처럼 보일 수도 있었다. 그때 내 머릿속에 어떤 생각이 떠올랐다. 얼마 전 스케이트보드 연습장에서 켄달이 나한테 했던 말.

그래! 그거야.

던커크 씨는 엄마를 '독점'하고 있었다. 바로 그거였다.

비프 아저씨는 지금 던커크 씨한테 질투심을 느끼고 있는 거다!

난 터져 나오려는 웃음을 참느라 입술을 꽉 깨물었다. 어른들은 참 이상도 하지.

던커크 씨는 앞니가 전혀 없는 데다 위생 상태도 의심스럽고, 도로 위에서 야생동물로 착각돼 차에 치이더라도 전혀 이상할 게 없을 만큼 턱수염도 무성했다. 영웅 대접을 받을지는 몰라도, 분명 눈에 띄는 매력남은 절대 아니었다. 내가 보기에도 엄마는 그런 부류의 남자한테 빠질 사람이 아니다. 던커크 씨가 그동안 얼마나 많은 사람들을 구하려고 노력했는지와는 완전히 별개의 문제다.

난 이 일로 비프 아저씨를 골려먹고 싶어 미칠 지경이었다.

비프 아저씨가 던커크 씨와 아툴라 아줌마를 차로 데려다주려고 외투를 입고 있을 때였다.

"참, 아저씨. 다녀오시면 드릴 말씀이 있는데요."

난 최대한 진지하게 보이려 애쓰고 있었지만, 내 입은 근질거려 미칠 지경이었다.

"기다릴 수 있겠지, 귀염둥이? 나도 네 엄마랑 할 얘기가 좀 있단다."

아저씨는 눈썹을 치켜뜨더니 씨익 웃으며 말했다.

이게 웬일이람. 비프 아저씨를 골탕먹일 생각에 푹 빠진 나머지, 스케이트보드 일은 까맣게 잊고 있었다.(뭐가 먼저인지 잊지 말라구, 시릴! 우선순위 말이야!)

"네, 물론이죠. 상관없어요. 뭐 내일 얘기해도 되구요. 전 그릇이나 치울게요. 걸레질도 좀 하고 양치질을 한 뒤 바로 들어가서 잠이나 자야겠어요."

내 친구들이 봤다면 웬일인가 했겠지만, 실제로 내 친구들이 있는 게 아니었기에 난 개의치 않았다. 난 하늘로 날아오를 것 같은 기분이었다. 새 스케이트보드를 들고 연습장으로 향하는 내 모습과 여자애들이 날 좀 더 잘 보려고 몸을 이리저리 돌리는 장면이 떠올랐다. 그들 중 한 명은, 아마도 메리 맥아이작이겠지만, 이렇게 말할지도 모른다. "와, 시릴! 네 보드 끝~내준다. 어디서 났어?" 그러면 그게 바로 내가 그들과 어울려도 좋다는 자격이 될 거다. 우린 이런저런 얘기를 나누게 될 거고, 우스갯소리도 몇 마디쯤 주고받겠지. 그럼 메리는 까만 머릿결을 뒤로 넘겨가며 깔깔대고 웃어대겠지. 그럼 난 주목받는 볼매남이 될 테고, 내 인생도 마침내 새롭게 펼쳐지겠지.

 난 비프 아저씨가 나가자마자 식탁 위의 것들을 순식간에 정리했다.

 다음날 아침, 난 반사적으로 침대를 뛰쳐나왔다. 벌써 일어난 엄마가 싱크대 앞에 서서 주전자의 물이 끓기를 기다리고 있었다.
 난 너무 설레발치며 스케이트보드를 사달라고 조르긴 싫었다. 특히, 엄마가 커피의 첫 모금을 마시기 전까지는. 비프 아저씨로부터 좋은 소식을 먼저 듣는 게 안전하겠다는 생각이 들었다.
 난 우유가 든 유리그릇에 시리얼을 약간 붓고 들이키듯 아침식사를 끝냈다. 그러곤 슬며시 말했다.
 "아 참, 오늘 비프 아저씨는 언제 와요?"
 엄마는 몸을 돌리지도 않고 고개만 돌려 날 쳐다봤다. 그러곤 담배 연기를 내뿜으며 말했다.
 "비프 아저씨라니, 그게 누군데?"

보상(금)

::

1)수행된 어떤 일에 대한 대가. 2)부상 또는 손실 등에 대해, 보통 보험회사 등으로부터
'온전한 복원'을 위해 받는 금전

::

"비프 아저씨랑 엄마를 다시 만나게 해야겠어."

켄달이 스케이트보드에서 내리더니 날 쳐다봤다. 그러곤 목을 벅벅 긁었다. 맨날 나한테서 듣는 얘기라곤 비프 아저씨라는 사람에 대한 불만투성이였는데, 지금은 비프 아저씨가 다시 돌아오게 만들려고 목숨을 걸고 있다니. 켄달은 분명 내가 미친 게 아니냐고 생각했을 테지만, 그렇게 심각한 표정으로 목을 벅벅 긁는 걸 보니 아마 이런 일에 대해 한 번도 생각해본 적이 없는 모양이었다.

켄달은 그저 이렇게만 말할 뿐이었다.

"어, 그랬어? 두 분 깨진 거야? 무슨 일로 그랬대?"

난 엄마가 싱크대 앞에 서 있던 모습과, 엄마의 눈가에 누가 우유병에 체리에이드를 쏟아 부은 것처럼 빨간 점 같은 것들이 퍼지던 모습을 떠올렸다. 또 가볍게 떨리던 엄마의 뺨과 무척이나 수

척해 보이던 입술, 그리고 아침 여덟 시밖에 안 됐는데도 재떨이에 수북이 쌓인 담배꽁초들을 떠올렸다.

난 에디 아저씨라는 사람이 최소한 엄마를 행복하게 해주기 때문에 그 아저씨를 좋아한다는 켄달의 말을 되새겼다. 그동안 내가 비프 아저씨한테 얼마나 한심하게 굴었는지, 엄마가 날 키우면서 한 번도 남자친구를 사귄 적이 없는데 비프 아저씨를 못마땅하게만 여겨왔던 게 얼마나 멍청한 짓인지를 깨달았다. 그동안 엄마가 남자친구를 사귀지 않은 건 엄마한테 관심을 보인 남자들이 없어서가 아니라(실제로 난 몇 명을 본 적이 있다), 시덥잖게 남자라면 어때야 하는지 따위에 내가 물드는 걸 원치 않았기 때문이다. 엄마는 관계가 얼마나 오래 지속될지 모르는 누군가에게 그런 영향을 받는 걸 원치 않았다. 15년 동안 엄마는 나의 엄마일 뿐이었고, 몇몇 남자가 엄마 주변에 나타났지만(그중엔 정말 완벽한 남자도 있었다) 난 "잘됐네요, 한번 잘해보세요"라는 말을 한 적이 한 번도 없었다.

"내가 어떻게 알겠냐."

하지만, 난 사실을 알고 있었다. 엄마는 그날 아침 나한테 아무 말도 하려 하지 않았지만, 난 그게 그놈의 스케이트보드와 관련이 있다는 걸 확실히 알고 있었다.

뭐랄까, 벌레라도 씹은 느낌이었지만, 순전히 그건 내 탓이었다.

난 엄마가 누구라도 우리 가정사에 참견하는 걸 엄청 싫어한다는 사실을 어느 누구보다도 잘 알고 있었다. 그럴 때면 엄마가 얼마나 화를 내는지, 얼마나 비이성적인 사람으로 변하는지, 길길이 날뛰는지 알고 있었다. 그런데도 난 비프 아저씨한테 엄마를 설득해서 스케이트보드를 사주게 하겠다는 약속을 받아냈다.

내가 한 말은 이랬다. "실패하면 돌아올 생각 마세요. 정말에요, 아저씨!"

그땐 그저 장난스럽게 얘기한 거였는데. 약속을 지키지 못하면 주방 일도 돕지 않겠다는 말 역시 그저 지나가는 말로 한 거였는데. 하지만, 농담도 지나치면 재미없는 법이다.

그놈의 스케이트보드 따위를 누가 신경이나 쓸까? 엄마가 나한테 빚을 지고 있단 사실에 누가 관심이 있겠냐구? 엄마가 약속을 깨든 말든 무슨 상관인데? 지금 난 엄마가 약속을 지키지 않은 게 이번이 처음이 아니라는 말을 하고 있는 중이다.

그까짓 게 뭐 대단한 일이라고.

생각해보라구. 그놈의 진술서인지 뭔지를 작성한답시고 내가 고생깨나 한 건 맞잖아. 15년 만에 처음으로 하룻밤을 꼴딱 새고도(한두 시간도 아니고 하룻밤을!) 두어 시간 더 고생한 결과로, 엄마는 아저씨와 데이트를 즐길 수 있었지. 그럼 내가 얻은 건? 엄마가 행복한 시간을 보냈다는 거. 엄마가 사소한 일로 날 귀찮게 하지 않는다는 거. 웬만해선 험한 소리도 하지 않는다는 거. 엄마가 담배도 끊었고, 늘 웃음을 입에 달고 산다는 거. 스모키 눈화장을 피한다는 거. 집이 깨끗해지고, 식탁 위에 제대로 된 음식이 놓여 있다는 거.

그러면 됐지, 뭐가 더 필요하겠어?

내 인생 처음으로 우리 모자는 거의 정상적인 삶을 살았다. 솔직히 새 스케이트보다는 그렇게 사는 게 더 좋았다.

켄달이 말했다.

"별거 아닐 수도 있어. 우리 엄마랑 에디 아저씨도 한 번 헤어진 적이 있거든. 두 분도 잘될 거야. 이미 다시 재회했을지도 모르지."

이 녀석은 말도 참 쉽게 한다. 켄달은 우리 엄마가 어떤 성격인지 감도 못 잡고 있다. 그날 아침에 엄마가 뭐라고 했는지 알지도 못하면서. 엄마가 "비프 아저씨라니, 그게 누군데?"라고 말했을 때, 난 장난인 줄 알았다니깐.

난 이렇게 말했지. "어…… 비프 푸저였든가? 엄마 남자친구 아니었나? 엄마 인생 최고의 사랑이라면서요?"

엄마는 내가 하등 쓸데없는 말을 하고 있다는 양 몸을 홱 돌렸다. 그러곤 씩씩 숨을 몰아쉬면서 나를 향해 이를 악물었다. 엄마의 도플갱어가 또다시 등장한 기분이었다.

"두 번 다시, 그 이름, 내 앞에서, 꺼내지 마."

난 단박에 이번엔 농담이 아니라는 걸 알았다.

엄마는 손등으로 입을 쓱 닦더니 말했다.

"그 사람 가버렸다. 여기 없다구. 속이 후련하네! 정말이지, 이젠 그깟 인간 없어도 얼마든지 잘살 수 있으니까 그런 줄 알아."

엄마는 애써 웃음을 보이려 했지만, 뜻대로 되지 않았다. 마치 웃고 있는 송장의 모습이랄까. 무서웠다. 엄마는 정말로 가슴이 아픈 듯했다.

난 이렇게 말했다.

"뭐예요! 지금 무슨 얘길 하는 거예요? 비프 아저씨 없이도 잘 산다구요? 아뇨, 그렇지 않아요! 우리에겐 아저씨가 필요하다구요! 그럼 누가 요리를 해요? 그럼 누가······."

그러다 말을 멈추었다. 엄마 입에서 "그래, 맞아. 미안해. 내가 지금 무슨 생각을 하고 있는 거야? 비프 아저씨더러 당장 돌아오라고 할게"라는 대답이 나올 수 있도록 뭔가 확실한 동기를 생각해내고 싶었다.

하지만 내 머릿속에 떠오른 건 언젠가 과제물 챙기는 걸 깜박하고 학교에 갔을 때의 일뿐이었다. 그때 줄리아나 선생님이 교실로 들어오더니 이렇게 말했다. "시릴, 학교 현관에 누가 왔구나. 네 아빠가 오신 것 같은데." 난 선생님한테 이렇다 저렇다 말을 하지 않았다. 그저 "네, 고맙습니다"라고만 하고선, 최신 유행의 나이키 운동화라도 신은 양 으쓱대며 복도를 걸어갔을 뿐이다. 난 그런 일까지 엄마한테 말할 정도로 바보는 아니다. 그랬다 하더라도 날 바보 취급할 엄마도 아니지만.

엄마는 마치 디스커버리 채널에서 먹잇감을 포착한 하이에나처럼 나한테 달려들었다. 엄마가 실제로 내 사지를 물어뜯은 건 아니지만, 정말로 그랬다면 그보다 더한 고통은 없었을 거다.

엄마는 이렇게 말했다.

"넌 그 사람이 그렇게 대단한 사람이라고 생각하는 거니? 그래? 그런 거야? 그럼, 네가 알고 있는 걸 말해봐! 네가 뭘 아는데? 시릴, 넌 아무것도 모르고 있다구! 넌 그 사람이 '바른생활 사나이'라도 된다고 생각하는 모양인데. 뭐든 대단해 보이고 너 같은 애를 잘 보살피고 온갖 것에 세심하다고 생각하겠지. 흥, 사실을 알려주지. 네 생각은 틀렸어. 그건 순전히 그런 척하는 거라구. 사실은……."

엄마가 갑자기 말을 멈추더니 꼼짝하지 않았다. 서 있는 그대로 날 째려보면서, 숨을 몰아쉬고 입술을 꽉 깨문 채, 머릿속에 떠오른 다른 생각을 하고 있는 것 같았다. 난 엄마의 다음 공격에 대비해 마음의 준비를 하고 있었지만, 엄마는 아무런 공격도 하지 않았다. 엄마는 뭔가 정말 짜증나는 것이 얼굴에 묻어 그걸 털어내려 하는 것처럼 머리를 휙 올리더니 몸을 돌려 다시 내 쪽을 바라보았다. 엄마의 목소리는 아까보다 훨씬 진정되긴 했지만, 여전히 정신을 차리진 못한 듯했다.

"그 아저씨는 이제 잊거라. 그놈의 비프인지 뭔지 하는 사람을 알았단 사실조차 잊어버려. 우린 괜찮을 거야. 괜찮다 못해 더 좋아질 거라구! 아주 좋아질 거야."

　엄마는 힘겹게 담배 한 가치를 입에 물더니 끅끅거리며 슬프게 눈물을 흘렸다.

　엄마랑 비프 아저씨가 다시 재회하는 건 이미 물 건너간 얘기가 됐다. 확실하다. 켄달의 생각은 틀렸다.

　난 어깨를 으쓱거리며 말했다.

　"그래, 켄달. 네 말이 맞을지도. 스케이트보드 타러 갈래?"

불합리한 추론

::
본래 어휘(Non sequitur)의 뜻은 '반드시 ~한 것은 아니다'.
오류가 있는 논리에 의해 생겨난 결론.
::

우리의 일상생활이 비프 아저씨를 알기 전으로 되돌아갔다면, 난 그럭저럭 견뎌낼 수 있었을지도 모른다. 사다 먹는 음식도 못 견딜 정도는 아니었다. 집 안이 엉망진창인 것도 비프 아저씨가 청소를 하기 시작하기 전까지는 별 문제가 되지 않았다. 엄마가 워낙 별난 사람이긴 해도, 최소한 전에는(엄마랑 나 둘만 살 때) 그래도 가끔씩은 명랑한 모습을 볼 수 있었다. 엄마는 여전히 별것 아닌 일에 웃음을 터뜨리고 정말 황당하거나 무책임한 행동을 하며, "젠장, 무슨 상관이야? 우린 지금 행복하다구, 안 그래?"라는 식의 말을 내뱉기도 한다. 다른 엄마들이라면 그런 식으로 말을 하진 않는다. 아무튼 어릴 적 한때 범죄자였던 사람을 엄마로 둔 나로서는 최소한 한 가지 행운은 가지고 있는 셈이다.

하지만, 일상을 예전으로 돌릴 수는 없었다. 엄마가 "비프란 사람은 잊어버려!"라고 하면 할수록 예전으로 돌아가는 게 더욱더 힘들었다. 엄마는 아저씨가 남기고 간 2인용 소파에 앉지만 않으면 얼마든지 아저씨를 지워버릴 수 있다고 믿는 사람처럼 굴었다. 사실, 그런 행동은 상황을 더 악화시키는 행동이었다. 너무도 멀쩡하게 놓여 있는 2인용 소파를 놔두곤 여기저기 뜯어진 중고 의자에 앉아 편안하길 바라고 있다니. 그건 우리가 결코 정상으로 돌아갈 수 없을 뿐 아니라 어지간히 회복될 만하면 다시 뭔가를 망쳐버리는 우리의 실상을 그대로 보여주는 반증과도 같았다.

'그깟 거 알 게 뭐야?'는 식이다. 갈 데까지 다 간 거다.

난 얼마나 더 견딜 수 있을지 알 수 없었다. 어떻게 해서든지 비프 아저씨가 돌아오게 만들어야 했다.

그런 와중에도, 난 자중하며 되도록 엄마랑 마주치지 않으려고 노력했다. 사소한 것이라도 엄마의 심기를 건드리고 싶지 않았다. 왜 다른 엄마들은 슬플 때 우는 걸까? 우리 엄마는 슬프면 미친 듯이 화를 내는데. 내가 숙제를 하든, 스케이트보드 연습장에서 어슬렁거리든, 내가 분담하기로 한 집안일을 하든, 늘 나한테 그놈의 화풀이를 하는 게 문제라서 말이지.

엄마는 더 이상 꼼짝을 하지 않았다. 적어도 집구석을 어슬렁거리는 일은 더 이상 하지 않았다. 엄마는 퇴근 후에 기름진 음식을 사가지고 7시쯤 집에 돌아와서는, 온갖 서류를 거실에 늘어놓은 채 그 망할 놈의 무고죄 사건을 가지고 씨름하곤 했다. 진짜 최악인 건, 던커크 씨가 엄마랑 자주 동행을 했다는 사실이다.

엄마가 어질러놓은 걸 정리하고, 빨래와 설거지는 물론 쓰레기를 내다 버리는 일까지 죄다 내가 해야 했다. 엄마의 여린 마음, 형편없는 식욕 혹은 시키면 폐가 요구하는 것들도 내가 챙겨줘야만 했다. 가끔씩 법률 도서관을 다녀와야 하는 것쯤은 별로 성가신 일도 아니었다. 지난 몇 년간 그런 심부름을 해왔으니 말이다. 하지만, 던커크 씨가 음료수 한 병을 더 마시고 싶다고 해서 편의점에 다녀와야 하는 것만큼은 정말 참을 수 없어서 비명이라도 지르고 싶은 심정이었다. 그렇게 마시고 싶으면 직접 사러 갈 것이지! 내가 뭐 자기 쫄따구라도 되나? 노바스코샤의 오지 출신인 '순진한' 사람치곤 더럽게도 빨리 세상에 적응하고 있단 말이지.

난 편의점까지 왕복하는 길에 있는 모든 가로등을 발로 찼다. 난 완전 망한 거다. 우리 가족을 위해 요리, 청소를 도맡아하는 건 물론 잘 돌봐주기까지 하는 착한 남자를, 날 자기 머슴처럼 부려먹는 게으름뱅이와 맞바꾼 꼴이 됐으니. 내 말은, 그러니까, 와 돌겠네! 난 척 던커크라는 사람한테 빚진 게 아무것도 없는데 말이야. 자기가 언제 내 목숨을 구해준 적이라도 있냔 말이야.

던커크 씨한테 뭐라고 한 마디 할 법도 한데, 난 그럴 수 없었다. 엄마는 아예 그럴 생각조차 안 했을 거다. 엄마 머릿속엔 오직 그놈의 소송에서 이길 생각뿐이었다. 엄마는 귀가 닳도록 이렇게 얘기하곤 했다.

"조금만 기다려봐! 엄마가 뭔가 보여줄게, 시릴! 수백만 달러가

왔다 갔다 하는 소송이란 말이야! 우리가 이기면 앞으로 돈 걱정은 할 필요가 없어. 그럼 노스엔드 근처에 근사한 집을 한 채 살 거야. 며칠 동안 여행을 갈 수도 있고, TV도 새로 사고, 컴퓨터나 밀크셰이커 등등 뭐든 사고 싶은 걸 살 거야. 못 할 게 어딨어! 네가 그토록 새 스케이트보드를 갖고 싶어 하니 너한테도······."

엄마는 순전히 돈 때문인 것처럼 얘기했지만, 사실 그건 아니었다. 그렇다고 정의를 위한 것도 아니었고, 던커크 씨의 정의를 위해서는 더더욱 아니었다. 굳이 의미를 두자면, 순전히 엄마의 정의를 위한 거지. 난 엄마가 이번 소송에 그토록 열성인 건 왠지 비프 아저씨를 돌아오게 하기 위해서가 아닐까 하는 생각이 들었다. 말도 안 되는 생각이었지만, 전혀 터무니없는 생각도 아니었다. 엄마의 말은 늘 앞뒤가 맞는 법이 없으니까.

주변에 제대로 된 게 하나도 없는데, 도대체 난 어떻게 해야 할까? 엄마가 던커크 씨 음료수 심부름을 시키면, 난 음료수를 사다 바쳐야만 했다. 하지만 그게 그렇게 못 견딜 일만은 아니었다. 한 가지 좋은 점이 있다면, 그 덕에 잠깐이나마 집 밖으로 나갈 수 있다는 거였다. 두 번째 좋은 점이라면, 그 덕에 내가 비프 아저씨를 만날 수 있었다는 거다.

소환장

::
피의자에게 법정에 출석하도록 요청하는 강제적 성격의 문서
::

던커크 씨의 음료수를 사러 편의점에 가는 길이었다. 난 뒷문으로 나가기로 했다. 원래 뒷문으로는 잘 다니지 않지만, 가장 가까운 출입구인 데다 한시라도 빨리 밖으로 나가고 싶어서였다. 정말이지 신선한 공기를 마시고 싶었다. 최근 며칠 동안, 엄마는 보이스카우트 캠프파이어 때 덜 마른 나무에서 나오는 연기처럼 마구 담배 연기를 뿜어대고 있었다.

던커크 씨가 내쉬는 숨 역시 집 안 공기를 답답하게 하는 데 한몫하고 있었다. 던커크 씨가 "난 노바쓰코샤 오지 출씬의 지극히 평범한 싸람일 뿐인데요 뭐" 따위의 말을 한 번이라도 더 내뱉었다면, 아마 난 미친 듯이 소리를 질렀을 거다. 이 사람 하는 짓이 순 뻥이라고 누가 생각이나 했겠어? 그는 그야말로 모르는 게 없는 척척박사였다. 그동안 아무것도 모르는 것처럼 행세했지만, 엄마와 논쟁을 벌이는 걸 보면 법에 관해 엄마보다도 많이 알고 있

는지도 몰랐다. 난 엄마가 왜 저런 사람의 농간에 놀아나는지 이유를 알 수가 없었다.

나라도 빠져나가야만 했다.

난 길을 막고 있던 쓰레기통을 치워내고 주차장 쪽으로 걸음을 옮겼다. 그때 무슨 소리가 들렸다. 우두둑 하는 소리. 누군가 싸구려 장난감 따위를 밟는 듯한 소리. 그 바람에 난 놀라서 펄쩍 뛰었다. 내가 그깟 소리만 듣고도 겁을 먹는 겁쟁이라고? 우리 집 뒤쪽에서 어떤 일들이 벌어지는지 몰라서 하는 소리지. 아는 사람이라면 누구라도 그쪽에서 무슨 소리가 들리면 십중팔구 펄쩍 뛰게 되어 있다. 아무리 배짱 두둑한 사람이라도 별수 없을걸.

난 머리를 홱 돌려 주변을 살폈다. 건물 아래쪽으로 누군가의 다리가 보였다 사라졌다.

때도 어두컴컴할 때고 해서 순간적으로만 볼 수 있었지만, 그건 문제가 안 됐다. 난 한눈에 그 사람이 비프 아저씨라는 걸 눈치 챘다. 그의 청바지에 뚜렷이 잡힌 주름을 확인할 수 있었으니까. 그리고 아저씨만 쓰는 향수 냄새가 풍겨왔으니까.

난 아무렇지도 않았다. 오싹하거나 뭐 그렇지도 않았다. 오히려, 그 반대였다. 난 기뻤다. 비프 아저씨가 돌아왔으니까 말이야!

이젠 내가 잘해야 한다는 생각이 들기 시작했다. 아저씨한테 말을 걸고, 자초지종을 설명한 뒤, 이 일을 잘 해결하는 거야.

난 아저씨를 잡으려고 건물 앞쪽을 정신없이 뛰어다녔다. 내가

"저기요, 비프 아저씨!" 하고 외쳤을 때, 아저씨는 이미 길 건너편에 있었다.

"비프 아저씨!"

난 계속 소리 지르며 아저씨를 쫓아 뛰어갔다.

난 비프 아저씨를 세 번이나 불렀다. 내가 아저씨를 붙잡았을 때, 아저씨는 막 길모퉁이를 돌려던 참이었다.

비프 아저씨는 전혀 몰랐다는 듯 깜짝 놀란 표정을 지었다.

"와, 귀염둥이. 무슨 일 있냐?"

"무슨 일 있냐구요? 그러는 아저씨는 무슨 일인데요? 집 뒤쪽에서 아저씨를 봤어요. 계속 아저씨를 불렀는데, 왜 대답 안 하셨어요?"

"집 뒤쪽에서? 그럴 리가."

아저씨가 얼굴을 찡그리며 말을 이었다.

"거참, 이상하네. 잘못 봤겠지. 내가 너희 집 뒤쪽에 갈 일이 뭐가 있겠냐. 난 그냥 근처에 뭘 전달할 게 있…… 그래, 그거, 소환장 말이야."

아저씨는 날 똑바로 보지도 못한 채 말하고 있었다.

아저씨는 눈을 가늘게 뜨고 도로 표지판을 올려다봤다.

"표지판을 봤으면 될 걸 그랬네. 여기서 게리쉬 레인까지 가려면 어떻게 가야 하지?"

난 잠자코 그 자리에 서서 한동안 아저씨를 뚫어져라 쳐다보았다. 순 거짓말. 척 보면 알지. 아까 본 건 분명히, 틀림없이 아저씨의 다리였다. 이 동네엔 그렇게 청바지에 주름을 잡아 입는 사람이 아무도 없다니까 그러시네. 이 동네엔 그렇게 향수를 많이 쓰는 사람도 없지. 사자 머리를 하고 개조된 보행기에 지탱해 산책하는 꼬부랑 할머니를 그 속에 포함시킨다면 모를까.

난 무슨 말을 해야 할지 몰랐다. 어떤 이유로든 아저씨를 비난하고 싶은 마음은 없었다. 이미 이상해져버린 아저씨와 나의 관계를 더 애매하게 만들고 싶지 않았다.

결국 내가 먼저 말을 꺼냈다.

"한 블록 더 가서 왼쪽으로 가셔야죠. 허름한 자동차 정비소 있는 모퉁이요. 오며 가며 보셨을 텐데. 게리쉬 자동차 정비소라고. 퇴근하고 오는 길에 매일 그 앞을 지나다니셨을 텐데……"

"아, 맞다. 그럼, 알고말고! 정신을 얻다 두고 다니는지 모르겠네. 아무튼 고맙다."

아저씨는 고개를 끄덕이곤 두어 발 걸음을 내딛었다. 난 아저씨가 도망가려 한다고 생각했다. 어쩌면 아저씨 역시 그런 생각을 하고 있을지도. 하지만, 아저씨는 몸을 돌리더니 내 어깨에 손을 얹었다.

아저씨의 몰골이 무서워 보였다. 눈 밑에는 커다란 다크서클이 내려앉아 있었다. 며칠 동안 면도도 하지 않은 모습이었다. 게다가 머리에 뗐다 붙였다 하는 가발 조각마저 지저분해 보였다. 격

자무늬 잠옷을 입고 이마에 비뚤비뚤 주름만 있었다면, 여지없이 수면제 광고에서 볼 수 있는 '복용 전' 모습이나 다름없었다. 엄마랑 헤어진 게 우리와 마찬가지로 아저씨에게도 힘든 일이었구나 하는 생각이 들게 만드는 모습이었다.

아저씨가 말했다.

"넌 잘 지내고 있는 거지, 귀염둥이? 엄마도 별일 없고?"

지금이 절호의 기회라는 생각이 들었지만, 난 어떤 말을 해야 할지 몰랐다. 모든 게 완전히 엉망진창이라고 할까? 몇 주 동안 풀떼기도 제대로 못 먹었다고 할까? 빨래바구니엔 곰팡이만 피고 있다고 할까?

엄마가 진짜, 진짜로 슬퍼하고 있다고 말해?

엄마한테 전화하라고 해야 하나? 집에 한번 들르라고 해? 그럼 더 상황이 악화되려나? 아저씨한테 제발 돌아와서 원래대로 돌아가자고 싹싹 빌어?

그것도 아니면, 이젠 상관 말고 꺼지라고 해야 하나?

그동안 내가 알고 있던 '상황별 효과적 대처 요령'과는 좀 다른 상황이었다. 내가 엄마랑 부딪칠 때마다 써먹던 '마법의 공식'도 소용없었다. 누가 그랬더라? 엄마한테 가장 효과적인 방법은 신경안정제 주사를 놓는 것뿐이라고. 하지만, 그게 합법적인지 아닌지 몰라서 문제지.

내 마음 한구석에선 비프 아저씨를 잡아 우리 집으로 끌고 가서 이렇게 말하고 싶은 마음이 굴뚝같았다. "자, 두 분 잘 들으세요. 두 분 모두 어른처럼 행동하실 수 없어요? 우리 모두 정상적인 인간의 삶으로 돌아갈 수 있겠죠? 무리한 요구는 아니죠?"

하지만, 난 이렇게 말하고 말았다.

"네, 그럼요. 우린 잘 지내요."

아저씨는 고개를 끄덕였다.

"다행이구나. 잘됐어. 그럼 또 보자, 귀염둥이."

난 아저씨가 한 말이 진심이기를 진짜, 진짜로 바랐다.

배회

::
공공장소 또는 사업장에서 특정한 목적이나 합법적인 이유 없이 오래 머물거나 서성거리는 행위.
사법관할구역에 따라, 경찰이 '길을 터주지 않고' 막는 사람들에게 이 혐의를 적용.
체포할 수 있는 곳도 있다.
::

맹세컨대, 난 다음날 밤에도 분명히 비프 아저씨를 보았다.

난 켄달한테 함께 도서관에 가자고 했다. 집에서는 온통 말도 안 되는 상황들이 벌어지고 있었기 때문에, 난 정말로 학교에 남아 있고 싶었다. 카바노프 선생님이 2주 전에 새로운 비디오 과제물을 내줬기 때문이기도 했다. 아직 시작도 못했는데. 난 참신한 아이디어가 필요했다. 그것도 지금 당장 말이지. 그렇지 않으면, 난 죽음이다.

집을 막 나섰을 때였다. 켄달과 함께 반 블록쯤 갔을 때, 갑자기 반납해야 할 책을 놓고 온 게 생각났다. 난 머리를 쥐어박으며 부랴부랴 책을 가지러 되돌아갔다.

그때 뭔가를 보았다. 시야의 가장자리에 간신히 보이긴 했지만, 분명히 보았다. 번뜩이고 가물거리는 뭔가가 급히 어둠 속으로 사라지고 있었다. 그게 누군지 보려고 이집트 사람들이 춤추

듯 목을 움직이며 거리를 훑어봤지만, 이미 늦은 뒤였다. 비프 아저씨(그 사람이 비프 아저씨였다면)는 이미 사라지고 없었다. 이번에도 아저씨의 향수 냄새를 맡은 것 같았는데, 어쩌면 내 상상인지도 몰랐다.

그 바람에 난 혼란스러웠다.

"너도 봤냐?"

그러자 켄달이 대꾸했다.

"보긴 뭘 봐?"

"저기! 어떤 사람이 숨은 것 같단 말이야!"

난 켄달을 우리 집 쪽으로 끌고 온 뒤 손가락으로 가리켰다.

아무것도 보이지 않는 곳을.

그곳에는 아무도 없었고, 아무것도 움직이지 않았고, 우리가 내는 숨소리 외에는 아무 소리도 들리지 않았다. 그저 텅 빈 거리를 찍어놓은 사진과도 같았다.

켄달이 눈썹을 치켜뜨며 날 쳐다봤다.

"됐거든. 장난치지 마."

"아냐, 뭔가 있었다구! 정말이야!"

난 비프 아저씨를 봤다고 말하고 싶었지만, 그게 비프 아저씨인지 확실하지 않았고, 설령 비프 아저씨라 해도, 글쎄, 그 일에 관해서는 켄달한테 얘기하고 싶지 않았다. 그 사람이 비프 아저씨인지 아닌지도 모르는데 공연히 사적인 얘기를 드러내고 싶지 않았고, 이런 얘기도 우습게 들리겠지만, 이젠 더 이상 비프 아저씨가 곁에 없는데, 관계가 깨졌네 마네 하고 싶지도 않았다. 그가 우리 아빠라면 또 모를까. 그는 그냥 어떤 남자일 뿐이다.

우리 엄마를 행복하게 해주던 남자에 불과하다. 우리 가족을 평범한 가족으로 만들어준 어떤 남자, 그 이상도 그 이하도 아니다.

켄달은 내 표정에서 다른 어떤 것을 본 게 분명했다. 하지만 나한테 참견하거나 성가시게 하지는 않았다. 그저 이렇게만 말했다.

"고양이겠지 뭐."

난 얼른 말했다.

"그래. 그런가 보다."

그러곤 더 이상 얘기를 꺼내지 않았다.

어쨌든 다행이었다. 당장은 엄마와 비프 아저씨 사이의 일로 진이 빠지고 싶지 않았다. 아저씨를 쫓아갔어야 하는지, 아니면 그저 아무 일도 아닌 것처럼 행동해야 하는지 머리를 굴리고 싶지도 않았다. 비프 아저씨가 왜 우리 집 주변을 어슬렁거리는지 고민하고 싶지도 않았다. 게다가 아저씨가 왜 안 그런 척하는지 이유를 밝히고 싶지도 않았다. 내가 싫어하는 그런 의문점에는 적어도 한두 가지의 해답이 있겠지.

내 입장만을 생각하면, 차라리 숙제를 끝내는 게 낫겠다 싶었다. 혹시라도 그 해답이라는 게 형편없는 것이라면, 최악의 경우

괜히 가슴 아픈 상처만 남을 테니까 말이지.

 난 집에서 책을 들고 나와 다시 도서관으로 발길을 향했다.

 도서관은 사실상 휑하니 비어 있었다. 켄달과 난 곧바로 컴퓨터를 차지하고 앉았다. 잘됐군. 머릿속에 잡생각이 가득할 땐 인터넷만큼 좋은 게 없다.

 켄달과 난 별 생각 없이 구글에서 이것저것 검색하기 시작했다. 뭔가 영감이 떠오르기를 바랐다. 숙제에 쓸 만한 쌈박한 아이디어가 필요했다.

 작업은 진지하게 시작됐다. 우리는 '어업', '미니농구게임', '핼리팩스의 레바논인 공동체' 같은 주제어로 검색했는데, 갑자기 멍청한 짓을 하고 있다는 생각이 들었다. 그래서 이번에는 '애완견과 닮은 꼴 주인'에서부터 '흰 담비와 닮은 사람', '설탕 조형물'에 이르기까지 온갖 것을 검색해보았다. '설탕 조형물'이 어디서 툭 튀어나왔는지, 그리고 그게 왜 그리도 희한하게 느껴졌는지 이유는 잘 모르겠지만, 아무튼 나한테는 그랬다. 사서 선생님이 "쉬~잇! 도서관 예절을 지켜야지" 하고 말했을 때, 우린 웃겨서 거의 자빠질 지경이었다.

 난 죄송하다고 말하려고 고개를 들었다. 바로 그때 섀넌도어 보스윅-샌더슨이 내 눈에 들어왔다.

체포

::
특히 형사법상 책임이 있는 자에 대하여 합법적 권위를 행사해
강제로 신변을 확보하는 행위
::

그 미망인은 사서 선생님 바로 옆에 서 있었지만, 난 한눈에 그녀가 누구인지 알 수 있었다. 그 미망인이 아직도 핼리팩스에 머물고 있을 거라고 어느 누가 생각이나 했을까? 재판이 끝난 게 언제인데 말이야. 물려받은 재산과 사계절 온화한 날씨가 기다리는 로스앤젤레스의 자기 집으로 돌아갔을 법한데, 왜 그녀는 몸소 이런 곳을 어슬렁거리고 있을까?

그녀는 건강해 보였지만, 전에 TV에 얼굴을 보였을 때만큼은 아니었다. 그녀는 여전히 바비 인형을 떠올릴 만한 모습이었다. 우월한 기럭지에 늘씬한 몸매, 그리고 금발머리 등 모든 것을 갖췄지만, 지금의 모습은 상태가 안 좋은 바비 인형의 모습이었다. 감기 걸린 바비 인형이라고나 할까. 얼굴은 매우 창백하고 초췌해 보였는데, 혼자서 여기저기 몸을 질질 끌고 배회라도 한 것 같았다. 내가 한눈에 그녀임을 알아볼 수 있었던 건 바로 노랗고 긴,

얼핏 보면 진짜 머리카락이 아닌 것처럼 보이는 헤어스타일 때문이었다(이 동네에서 저런 머리카락을 살 수나 있을지 모르겠다).

한눈에 그녀임을 알아챈 후, 난 누군가 날 향해 폭탄이라도 던진 양 책상 밑으로 급히 몸을 숙였다. 켄달이 '뭐 하는 거야? 왜 그래?' 하는 표정을 지어 보였다.

난 눈짓으로 '조용히 해!'라는 신호를 보내며 켄달의 의자를 내 앞으로 당겨 완전히 몸을 숨겼다.

켄달은 소리 없이 한숨을 쉬며 앞쪽을 쳐다봤다. 그러곤 날 내려다보며 중얼거렸다.

"이해가 안 되네. 우리가 웃은 죄밖에 더 있냐. 사서 선생님이 널 잡아가기라도 한대?"

난 속삭이듯 말했다.

"아니, 그런 게 아니라구! 저길 봐. 사서 선생님이랑 얘기하는 사람이 누군지!"

켄달은 다시 고개를 돌려 앞을 쳐다봤다. 난 손톱으로 켄달의 다리를 찌르며 말했다.

"지금 보지 마! 뭐 하는 거야! 들키겠네."

켄달은 내가 놓아줄 때까지 발로 내 허벅지를 지르밟았다.

"알았어. 누군데?"

켄달은 입술도 떼지 않고 조용히 물었다.

"샌더슨 박사의 미망인!"

켄달은 인터넷 검색을 시작했다. 그러다 평탄하고 작은 목소리로 뭔가 알겠다는 듯 중얼거렸다.

"죽은 부자 박사 말이지?"

"그래."

"그게 뭐? 그런데 넌 왜 숨어?"

"저 여자가 날 알아볼까 봐!"

"저 여자가 왜 널 알아볼 거라고 생각하는데?"

이 녀석이 원래 이렇게 둔하지는 않은데. 난 짜증이 났다. 녀석의 발목을 꽉 깨물어버리고 싶었지만, 그랬다간 녀석의 신발이 무슨 짓을 할지 뻔했다.

"우리 엄마가 바로 던커크 씨의 변호사였잖아!"

헐, 저 여자가 날 알아볼 리 없는데. 난 법원에 간 적도 없잖아. 갑자기 아무 일도 아닌 게 되어버렸다. 웃음이 터져 나올 뻔했다. 난 켄달을 밀쳐내고 책상 밑에서 몸을 일으켰다. 멍청하긴. 설령, 저 미망인이 날 알아본다 한들 그게 뭐 어쨌다고. 아무튼, 저 미망인은 엄마를 싫어했지만, 그렇다고 뭘 어쩌겠어? 나한테 달려들기라도 한대? 아마 자기 손톱이 망가질까 봐 못 그럴걸.

미망인은 사서 선생님과 뭔가 얘기를 주고받고 있었다.

"말도 안 돼요! 와. 바닷물이가 어류가 아니라고요? 난 여태 어류인 줄 알고 있었는데. 어쩐지 아무리 두꺼운 어류도감에서도 보이질 않더라!"

난 눈을 부릅뜬 채 속삭이듯 말했다.

"믿어져? 저 여자는 바닷물이가 뭔지도 모른대!"

"넌 알아?"

켄달이 물었다. 난 머리를 저었다.

"아니. 하지만, 그런 뜻이 아니잖아. 바닷물이 전문가랑 결혼한 건 내가 아니라구. 내 말은, 저 여자는 재판이 진행되는 내내 그 자리에 있었단 거지! 적어도 자기 남편이 어떤 일을 하다 죽었는지는 알아야 하는 거 아냐?"

논쟁에서 이겼다는 사실이 너무 짜릿했지만(어쨌든 난 엄마의 아들이니까), 느닷없이 "그렇지!" 하며 말을 꺼낸 건 그 이유 때문이 아니었다. 그저 문득 떠오른 생각 때문이었다. 전국 방방곡곡을 뒤지며 그놈의 설탕 조형물을 주제로 비디오 숙제를 하는 건 관두자구! 이제 내 숙제의 주제는 삶에 관한 거다. 그리고 한발 더 나아가, 어니스트 샌더슨 박사의 죽음까지도.

내가 왜 진작 이 생각을 못했는지 모르겠다. 일이 쉽게 풀릴 것 같았다. 난 그 소송에 대한 특종을 가지고 있거든. 소송에 관한 엄마와 던커크 씨의 인터뷰를 뼈대로 하고 적당한 곳에 자료를 끼워 넣으면 그럴싸하겠는걸. 뚝딱 끝낼 수 있겠어.

켄달은 설탕 조형물이야말로 내 스타일에 가깝다고 주장했지만, 어쨌든 내 계획이 괜찮아 보인다는 데 동의했다.

샌더슨 박사 거로 선생님한테 좋은 점수를 받을 수 있을 거라고 생각하니 갑자기 막 흥분되기 시작했다. 정말 그럴듯한 아이디어라는 생각이 들었다. 이번 컨셉트엔 온갖 것이 담겨 있다. 돈, 명예, 죽음, 게다가 미스 USA 치은염에 빛나는 미망인까지. 나 말곤 아무도 이런 주제로 만들지 못할 거다.

난 미망인이 도서관을 떠날 때까지 잠자코 기다리다가 구글에서 어니스트 샌더슨 박사에 대한 자료를 찾기 시작했다. 검색된 자료에는 내가 쓸 만한 것들이 엄청나게 많았다. 이제 필요한 것은 샌더슨 박사가 살아 있을 때의 자료들이었다.

검색을 하다가 '글리모치노: 미소 뒤에 숨겨진 이야기'라는 제목으로 몇 년 전에 제작된 TV 다큐멘터리 프로그램을 찾아냈다. 난 그걸 클릭해서 자료를 열어보았다.

이런. 샌더슨 박사는 생각보다 나이가 들어 보였다. 스프링가든 로드를 질주하다 과속 딱지를 많이 떼였다는 얘기를 들은 데다, 젊은 미망인 섀넌도어의 모습도 본 탓에 샌더슨 박사를 생각보다 젊은 사람으로 생각했던 거다.

땡.

촬영 당시 샌더슨 박사의 나이는 적어도 예순은 되어 보였.

리포터는 샌더슨 박사에게 그가 소유하고 있는 자동차들과 지원하고 있는 자선사업, 그리고 '사랑스러운 젊은 아내'에 관한 얘기를 했다. 그런 다음, 그들은 본론인 글리모치노에 관해 얘기하기 시작했다. 흰색과 은색이 섞인 커피잔을 든 사람들이 왔다 갔다 하는 장면이 오랫동안 보였지만, 글리모치노가 어떻게 발명되었는지에 대한 얘기는 나오지 않았다.

화면은 금세 바닷물이의 확대 사진을 클로즈업해 보여주었다. 엄청나게 크고 징그럽게 생긴 데다 털까지 많아서 켄달과 난 비명을 지르고 말았다. 사서 선생님이 '마지막 경고야'라는 표정으로 우리를 쳐다봤다.

리포터는 맛깔난 목소리를 가지고 있었다. 리포터가 '앙증맞은 갑각류'라는 식으로 얘기했다면, 너나 할 것 없이 달려가서 바닷물이를 하나쯤 입양하지 않고는 못 배길 정도로 말이다.

그 다음은 샌더슨 박사가 연구실에서 일하는 장면이었다. 샌더슨 박사를 후원하는 어떤 대학의 홍보 영상이었는데, 샌더슨 박사는 마이클 리스 박사라는 사람과 '바닷물이의 환상적인 짝짓기 의식'에 대해 언급하고 있었다.(도대체 어른들은 왜 그래? 어느 시점에 뭔 놈의 호르몬인지, 효소인지, 아니면 뇌세포를 망가뜨리는 뭔가가 작동하길래 바닷물이가 '환상적'이니 뭐니 따위의 발상을 할 수 있는 거냐고? 과학자들이 치료법은 찾고 있나 몰라? 내 생전에 치료법이 개발되긴 할까?)

그 대학이 나오는 장면은 정말 형편없어서 우스꽝스럽기까지 했다. 촬영한 지 족히 20년은 되어 보였다. 연구실에 있던 사람들은 모두 할로윈 축제에 바로 참가해도 될 만한 모습이었다. 사람들은 모두 겨드랑이까지 올라오는 바지를 입고 있었고, 끼고 있는 안경의 렌즈는 거의 빅맥 햄버거만큼이나 컸다. 누가 보더라도 디즈니 픽사에서 제작 예정인 차기 애니메이션 영화의 오디션을 준비하고 있는 모습과 다를 바 없었다.

하지만 내가 웃음을 더 이상 참지 못하게 만든 건 따로 있었다. 멀대처럼 키가 크고 비쩍 마른 데다 디스코 춤이 유행할 당시에나 어울렸을 몹쓸 콧수염을 기른 남자가 각 장면마다 꾸역꾸역 등장했다. 간혹 TV 뉴스에서 리포터가 현장 상황을 전할 때, 뒤에서 이리 뛰고 저리 뛰며 화면에 잡히려 안달하는 아이들의 모습과는 사뭇 다른 느낌이었다. 그 남자는 우연히 화면에 잡힌 것처럼 행동하고 있었다. 카메라맨은 분명히 그 남자를 피해 찍으려 했지만, '디스코 콧수염'의 그 남자는 살금살금 다시 화면으로 들어와선 안경을 고쳐 쓰고, 노벨상 수상에 빛나는 위대한 과학자의 모든 것을 꼼꼼히 살펴보고 있었다. 그러니 어찌 웃음이 나오지 않을 수 있을까. 저렇게 애들처럼 관심을 받고 싶어 난리인데.

그 이후의 장면들은 별로 재미가 없었지만, 꽤나 흥미로운 내용들도 있었다.

다큐멘터리 영상대로라면, 글리모치노의 탄생은 어처구니없는 작은 사고에서 비롯되었다. 샌더슨 박사와 리스 박사는 어느 날 연구실에서 늘 하던 바닷물이 관련 실험을 하고 있었다고 한다. 그런데 샌더슨 박사가 그 벌레들이 담긴 접시들 사이를 정신없이 왔다 갔다 하다가 실수로 '표본'들 중 몇 마리를 리스 박사의 커피 속에 빠뜨리고 말았다.

리스 박사는 뭔가 이상한 맛을 느꼈지만 별일 아닌 것처럼 생각하다가, 컵이 바닥을 드러내자 꿈틀거리는 벌레들을 발견하곤 지체 없이 "도와줘! 여기 좀 봐!" 하며 소리를 질렀다(웬 호들갑이람).

그 광경을 보고 샌더슨 박사는 깜짝 놀랐다. 리스 박사의 치아가 갑자기 새하얗게 변했기 때문이다.

커피가 치아를 탈색시키기라도 한 걸까?

두 사람은 결코 바보가 아니었다. 그들은 이내 자신들이 돈방석에 앉게 되었다는 걸 직감했다.

그들은 우선 글리모치노의 초기 제품이 안고 있던 치아 부식, 불쾌한 냄새 및 이런저런 부작용은 말할 것도 없고, '바닷물이' 맛을 없애야만 했다. 글리모치노는 기존 컵의 작은 구멍 하나까지도 완전히 표백할 수 있기 때문에 좀 더 강력한 커피 컵을 만들 필요가 있었다. 그러기까지 몇 년이란 시간이 걸렸지만, 샌더슨과 리스 박사는 마침내 효능을 유지하면서도 '바닷물이 냄새가 나지 않는' 새로운 글리모치노를 완성했다.

불행하게도, 리스 박사는 퇴행성 신경질환으로 세상을 떠나는 바람에 '글리모치노의 완전한 성공에 따른 혜택'을 누리지 못했다. 샌더슨 박사는 진심으로 가슴 아픈 표정을 지으며 지난 이야기를 들려주었다. 카메라는 박사의 눈에서 반짝이는 커다란 눈물방울을 클로즈업하기도 했다. 하지만 샌더슨 박사는 이내 정신을 가다듬고 바다가 훤히 보이는 침실이 17개나 있는, 환상적인 자신의 '저택'을 소개했다.

프로그램의 나머지 부분은 '세상에서 가장 사랑받는 커피'의 범세계적인 영향력에 관한 내용들이었다. 에펠탑, 마추픽추 및 중국의 만리장성 앞에서 글리모치노를 마시는 사람들을 촬영한 영상과 흰색과 회색이 섞인 컵들이 킬리만자로 정상까지 여기저기 어지럽게 널브러져 있는 암울한 화면이 이어졌다. (와우. 글리모치노의 효과는 정말 때와 장소를 가리지 않았다.)

정말 엄청난 자료들이 많았다. 대수롭지 않은 학교 과제물이 '커피에 관한 불편한 진실'로 일이 커지자, 난 엄청난 환상에 빠지기 시작했다. 학교 강당의 연단 앞에 서서 발표를 마친 뒤 엄마와 던커크 씨는 물론 메리 맥아이작한테 모든 영광을 돌린다는 인사를 하고 있는 내 모습이 떠올랐다. 과제 발표식에 비프 아저씨를 초청하고, 엄마가 날 너무 대견스러워한 나머지 못 이기는 척 비프 아저씨와 몇 마디 말을 주고받고, 그렇게 두 사람이 서로의 실수를 깨닫고 화해하여 결국 우린 다시 행복하게 살게 될지도 모른다는 생각이 들었다.

지금 이 얘기는 농담이 아니다. 난 진짜로 그렇게 되길 바랐다.

피해자 의견 진술서

::
어떤 범죄로 인해 피해자가 받은 고통에 대해 기술해놓은 서류.
범죄 행위가 피해자에게 어떤 영향을 미쳤는지 설명함으로써,
범죄자의 형량을 언도하는 데 영향을 끼칠 수 있다.
::

다음날, 난 예전 자료들을 토대로 1차 편집본을 만든 뒤 엄마 한테 보여주려고 집으로 가져왔다. 나 자신이 진짜 대견스러웠다. 아직 완성된 건 아니었지만, 다른 애들의 과제물하곤 비교가 안 될 만큼 흥미로울 게 분명했다. 에린 캐롤은 '카펫 세탁의 발달사: 스팀 혁명'이란 주제로 과제물을 만들고 있었으니 말이다. 그것에 비하면 내 과제물은 '반지의 제왕' 3부작이라 할 만했다.

물론, 엄마도 정말 대단한 아이디어라고 했다. 역시 내 예상대로였다. 엄마는 요리나 청소, 일반적인 부모 역할 등엔 썩 훌륭한 편이 못 되지만, 사회적 부적응자에겐 지원을 아끼지 않는 사람이다. 설령 내가 카펫 세탁이란 주제를 선택하고 에린이 글리모치노를 선택했다 하더라도, 엄마는 내 과제물을 더 좋아했을 거다.

엄마는 아툴라 아줌마랑 던커크 씨한테(할 수만 있다면 스티븐 스필버그 감독에게까지도) 보여주다며 카메라를 빌려달라고 했지만,

난 안 된다고 말했다.

그러자 엄마는 미친 듯이 화를 내며 따졌다.

"왜 안 되는데?"

"미쳤어요? 일주일 뒤면 과제물을 제출해야 하는데 엄마한테 어떻게 빌려줘요! 잃어버릴 게 뻔한데. 엄마는 이것저것 늘 잃어버리잖아요."

"와, 그래서? 내가 뭘?"

어이가 없어 하도 눈을 치켜뜨다 보니 눈알이 뒤로 돌아가서 내 어깨뼈를 볼 수 있을 것만 같았다.

"참나! 지난주에도 고작 일주일 사이에 엄마 열쇠랑 외투, 신발 한 짝, 이크발 씨 소송 서류, 잡동사니들, 그리고 엄마 어금니까지 잃어버렸잖아요. 어떻게 자기 이빨이 빠진 걸 집에 올 때까지 모를 수 있는지 이해할 수가 없어요. 그리고 또……."

엄마는 숨을 들이쉬더니 후 하고 이마 쪽으로 내뿜었다.

"아, 젠장! 깜박했네. 던커크 씨가 써준 피해자 의견 진술서가 안 보여. 던커크 씨한테 가서 복사본 좀 달래서 가져오렴."

와, 어이가 없네! 난 대꾸할 말이 많았다. 엄마가 꼼짝 못할 말을 꺼낼 수도 있었다. 이런 식이니 맨날 엄마가 늘 뭘 빠뜨리고 다닌다는.

왜 내가 거길 가서 진술서를 받아와야 하느냐고 따질 수도 있었다. 와, 미치겠네! 서류를 잃어버린 건 내가 아니라 엄마인데!

나도 할 일이 많다고 얘기할 수도 있었다. 사실이잖아. 과제물을 완성하려면 아직 멀었는데 말이지.

하지만 난 아무 대꾸도 하지 않았다. 엄마는 화면 속의 디스코 콧수염 남자를 보면서 웃고만 있었다. 엄마의 웃는 모습을 보는 건 몇 주 만에 처음이었다. 잠깐 동안이지만, 예전의 엄마 모습을 다시 보는 것만 같았다. 난 그 모습을 날려버리고 싶지 않았.

한숨이 절로 나왔다.

"알았어요. 대신 던커크 씨한테 제가 간다고 전화나 해주세요. 그냥 갔다가 서류를 찾네 마네 하는 동안 기다리기 싫거든요."

솔직히 좀 기다리는 건 상관없었다. 난 그저 너무 쉽게 시키는 대로 하는 모양새를 보이기 싫었고, 엄마의 기분을 좋게 한답시고 시키는 대로 넙죽 하는 것처럼 보이기도 싫었을 뿐이다.

던커크 씨는 우리가 살고 있는 아파트보다도 형편없는 몰골의 건물 지하에 살고 있었다. 복도에 깔려 있는 카펫은 뒤집힌 가장자리를 제외하곤 습기를 잔뜩 머금은 색깔이었는데, 뒤집힌 가장자리 부분으로 짐작컨대 예전에는 분홍색이었다는 걸 알 수 있었다. 벽에는 이런저런 낙서들이 휘갈겨져 있었는데, 엄마가 부자들을 상대할 때 아무리 기분이 안 좋더라도 내뱉지 않을 그런 말들이 쓰여 있었다. 그리고 브로콜리 냄새와 물에 빠진 개한테서 나는 냄새가 섞인 듯한 냄새가 진동을 했다. 난 되도록 빨리 그곳을 떠나고 싶었다.

현관문이 활짝 열려 있었기 때문에 난 곧장 지하 1층으로 향했다. 음악소리가 들리는 걸로 보아 누군가 집 안에 있는 게 분명했다. 문을 두드렸지만 아무도 문을 열어주러 나오지 않았다. 난 다시 문을 두드렸다.

"누구요?"

고함이라도 치는 듯한 던커크 씨의 목소리가 들려왔다. 던커크 씨가 욕을 한 건 아니었지만, 목소리로 봐선 그럴 태세였다.

"저예요, 시릴. 피해자 의견 진술서 가지러 왔어요."

던커크 씨는 문을 빼꼼 열었다. 하지만 현관 걸쇠는 걸어놓은 채였다. 날 믿지 못하겠다는 거야, 뭐야? 그는 한쪽 눈을 치켜뜬 채로 날 바라보았다.

"뭐라고? 그건 이미 네 엄마한테 줬는데."

난 한숨이 나왔다. 이럴 줄 알았다니까.

"잃어버리셨대요. 엄마한테 전화 안 왔어요?"

던커크 씨가 화가 난 게 느껴졌다.

"안 왔는데."

달랑 한 마디뿐이었다. "잠깐 들어와서 편히 있으렴. 내가 복사본을 찾아볼게"라든지, "기꺼이 해줘야지. 내가 너희 집에서 신세진 게 얼마나 많은데, 그 정도도 못 해주겠니"라고 말할 수도 있을 텐데, 그런 말은 전혀 하지 않았다.

그는 그저 우두커니 서서 청소년 폭력의 증가는 순전히 내 책임이라는 듯 뚫어져라 날 바라보았다.

"엄마가 복사본이 필요하대요."

"당장 필요하대?"

"네, 지금요."

당장 필요한지는 알 수 없었다. 하지만 내가 자기 때문에 그놈의 음료수를 그만큼 사다 바쳤으면 자기도 피해자 진술서인지 뭔지를 후딱 찾아줘야 하는 거 아닌가.

난 꼼짝하지 않았다. 던커크 씨도 움직이지 않고 있었다. 이건 뭐 단체협약 교착 상태도 아니고 말이야. 고약한 집 안 냄새 때문에 내가 금세 포기하고 돌아갈 거라고 믿고 있는 건가.

그는 턱수염을 쓰다듬고 손가락을 핥더니 안경을 고쳐 썼다. 그러곤 머리를 좌우로 흔들더니 목을 앞뒤로 움직이며 두둑 하는 소리를 냈다. 그러면서도 그는 계속해서 날 주시하고 있었다. 상관없었다. 난 꼼짝도 하지 않을 거니까.

결국 던커크 씨가 졌다. 그는 목에서 어떤 소리를 내고 말았다. 듣기 좋은 소리는 아니었다. 엔진이 고장 난 것 같은 소리였다.

"좋아." 던커크 씨가 말했다. "잠깐 기다리거라. 찾아보지."

"고맙습니다."

난 미소를 지으며 말했다. 승리 뒤의 미소란 게 이런 맛이군.

던커크 씨는 족히 5분은 기다리게 만들었다. 짜증이 나긴 했지만, 나 이참에 그의 집 안을 기웃거려보기로 했다. 문이 완전히 닫히지 않아 틈이 벌어진 채였다.

거실은 쓰레기 하치장과 엄마의 침실 중간쯤 되어 보였다. 사방에 피자 상자들이 널려 있었는데, 마치 어떤 꼬맹이가 성대한 생일파티라도 벌인 것 같았다. 신문과 책들, 그리고 뭔지 모를 것들이 거실 바닥과 소파, 창턱 등 구석구석에 잔뜩 쌓여 있었다. 바닥에 내팽개쳐진 외투를 보아하니 집 안에 들어서자마자 외투를 벗어 던진 것 같았다.(뭐야 이게? 자기가 열다섯 살짜리 애야 뭐야?)

무엇보다 내 눈을 사로잡은 건 벽에 커다랗게 걸린 샌더슨 박사의 사진이었다(그가 돈방석에 앉기 전에 찍은 사진인 듯했다). 내가 던커크 씨라면 샌더슨 박사의 사진을 다시는 보고 싶지 않을 텐데, 좀 의아했다.

던커크 씨가 밀실 같은 방에서 나오더니 잽싸게 문틈으로 다가와 내 시야를 막았다. 그러곤 찌르듯이 피해자 의견 진술서를 건넸다. 다시 새로 쓰기라도 했나 보다. 그렇지 않고서야 그렇게나 오랜 시간이 걸렸을 리 없을 테니 말이다.

"네 엄마한테 다음에 또 널 심부름 보낼 거면 미리 전화하라고 확실히 전해라."

"염려 마세요. 그렇게 전할게요."

집으로 돌아가는 내내 이상한 기분이 들었다. 던커크 씨 집에 잠깐 들렀을 뿐인데 뭔가 찜찜했다. 그건 무례한 그의 태도 때문이 아니었다. 어른들이 다 그렇지 뭐. 부모님이랑 같이 있을 땐 친절한 척하다가도, 아이 혼자일 때면 개똥 취급을 한다니까.
그런데 이번 경우는 좀 달랐다. 뭔가 찜찜했다. 애들 책에 나오는 '이상한 그림 찾기' 퍼즐 같은 느낌이랄까. 던커크 씨 때문인가? 지저분한 집구석 때문인가? 벽에 걸린 샌더슨 박사의 사진 때문인가?
그것도 아니면 다른 뭔가가 있나? 생각할수록 기분이 섬뜩했다. 갑자기 누군가 나를 미행하고 있다는 느낌이 들었다. 난 계속해서 뒤돌아봤지만, 쫓아오는 사람은 아무도 없었다.
던커크 씨가 한 말 때문인가?
난 머릿속에 있는 생각들을 곰곰이 곱씹어봤다. 그래봐야 얼마 걸리지도 않았다. 던커크 씨가 한 말이 몇 마디 되지 않았고, 딱히 이상한 말도 없었으니까.
난 머릿속으로 아까의 장면들을 재생시켰다. 문틈으로 날 째려보던 모습, 손가락을 핥던 모습, 안경을 고쳐 쓰던 모습, 목을 젖히며 두둑 소리를 내던 모습, 잠깐 기다리라고 말하던 모습.
"잠깐 기다리거라."
기다리거라.
기다…….
그래, 바로 그거야.
던커크 씨의 이는 빠진 데 하나 없이 멀쩡했다.

입증

::
증거를 토대로 특정한 사실을 정립하는 행위.
어떤 사실 또는 진술 등이 참인지 거짓인지 판단할 수 있게 하는 모든 행위.
::

켄달은 그날 밤에 자기 아빠 집으로 갔기 때문에, 난 다음날에야 녀석을 만날 수 있었다. 켄달은 내가 왜 그토록 겁을 먹는지 이해하지 못했다. 별것 아니라는 반응이었다. 녀석은 스케이트보드 타는 걸 멈추지도 않았다.

"그래, 좋아. 던커크 씨의 이빨이 멀쩡했단 말이지. 기뻐할 일 아냐? 이렇게 생각해보라구. 최소한 너한테 음식을 뿜어대진 않을 거 아냐."

"그거야 그렇지. 하지만……."

난 하려던 말을 멈추었다. 문제는 딱히 반박할 거리가 없다는 거였다. 아무튼, 콕 집어 반박할 근거가 없었다. 그렇다고 무작정 우길 수도 없고. 달리 뭐라 할 말이 없었다. 그저 그의 이를 본 순간 이상한 느낌이 들었단 말밖에는.

난 순간적으로 문 앞에 서서 목청을 가다듬고 날 노려보던 던커크 씨를 다시 떠올렸다. 뭔가를 꾸미고 있는 듯한 느낌을 지울 수가 없었다. 단순히 이 때문만이 아니었다. 왜 그는 나더러 안으로 들어오라고 하지 않았을까? 왜 황급히 내 시야를 막은 거지? 뭔가를 숨기고 있는 것만 같은 생각이……

혹은 누군가를 숨기고 있는지도 모르지…….

던커크 씨가 그런 곳에서 밀애를 즐기고 있을지도 모른다는 말은 꺼내지도 말 것! 난 말도 안 되는 그런 추측은 아예 제외시켜 버렸다.

이런 느낌이 들 때마다 진짜 싫긴 한데, 내가 진짜 바보 같다는 생각이 점점 들기 시작했다. 켄달의 말이 맞을지도 모른다. 던커크 씨는 단순히 새 틀니를 해서 낀 것일지도.

그리고 내가 자기 집 안에 들어오길 원치 않았던 건 그저 난장판인 집구석을 보여주기 창피해서였을지도 모르지. 온 집 안에 피자 상자들이 그렇게 너저분하게 널려 있으면, 나라도 좀 창피했을 거다. 엄마랑 나도 음식을 그런 식으로 방치하진 않는데 말이야(이젠 안 그런다는 뜻이다).

더구나 제대로 끼니도 때우지 못하는 형편이 서글퍼서 그랬을지도…….

잠깐.

피자.

"아니지!"

난 스케이트보드 연습장 한복판으로 달려가서 켄달한테 소리를 질렀다.

"바로 그거야! 문제는 틀니가 아니었어. 그 집에 피자 상자가 한두 개가 아니었는데!"

켄달은 휙 하고 내 옆을 지나쳐 팝샤빗(스케이트보드 기술 중 하나: 옮긴이)을 하면서 뒤쪽으로 나아갔다.

"그래서? 그게 어쨌다고?"

졌다, 졌어. 너무도 명확했다.

"그 아저씨는 으깬 감자도 제대로 씹어 먹지 못했단 말이야! 그런 사람이 틀니로 어떻게 피자를 먹냐? 게다가 레일로더스 피자를? '쫄깃쫄깃 소문난 크러스트의 맛!' 넌 광고도 안 봤냐? 그 피자 한 판 먹어치우려면 벨로시랩터 이빨쯤은 돼야 할걸."

그 말을 듣고도 켄달은 그닥 수긍하는 눈치가 아니었지만, 어쨌든 녀석이 스케이트보드 타는 걸 멈추게 할 순 있었다.

"글쎄. 테두리는 먹지 않나 보지. 사람들은 대개 테두리를 남기잖아. 아니면, 칼이나 포크를 사용하는지도 모르고. 한입에 들어갈 만큼 작게 썰어서 말이야."

"그래. 어쩌면 피자 한 판을 믹서기에 넣고 갈아서 죽처럼 만들어 후루룩 마시는지도 모르지."

난 눈에 핏대를 세우며 말하곤 깊이 한숨을 내쉬었다.

켄달이란 녀석이 빈틈이 없고 매사를 침소봉대하지 않는다는 이유로 미워할 순 없었지만, 난 점점 앞이 막막해져갔다. 내 말이 맞다니까. 척 보면 알지. 아무튼 뭔가 이상해. 난 켄달이 계속 딴지를 걸며 내 앞을 막는 게 유쾌하지 않았다.

켄달은 다시 킥플립 기술을 선보이며 스케이트보드를 탔다. 켄달이 기술을 보일 때면 으레 그렇듯이, 여자애들이 연습장 주변에 모여들기 시작했다. 평소 같으면 나도 끼어서 같이 타려 했을 테지만, 그날은 메리 맥아이작이 알리 점프를 하는 모습을 보고도 시큰둥해졌다.

난 나무 밑을 찾아가서 앉았다. 그러곤 내 신발을 멍하니 뚫어져라 내려다보면서 뺨 안쪽을 잘근잘근 씹었다. 내 머릿속엔 온통 던커크 씨와 그의 이빨 생각뿐이었다. 뭔가를 놓친 거야. 그게 뭘까? 난 문제를 풀기 위해 논리적인 접근을 시도했다.

처음으로 되돌아가자. 연습장으로 오기 직전에 난 엄마랑 함께 내가 찍은 비디오를 다시 한 번 보고 있었다. 던커크 씨가 그사이에 끼어들었고, 난 고개를 돌리지도 않은 채 인사를 했다. 인사를 할 수가 없었지. 아무렇지도 않은 척 던커크 씨를 쳐다볼 자신이 없었으니까. 얼굴을 보였다면 분명 티가 났을 거야. 던커크 씨도 눈치 챘을 거다. 내가 뭔가를 봤다는 걸. 그리고 자기를 수상쩍게 생각하고 있다는 걸.

엄마는 내가 촬영한 것을 던커크 씨한테도 보여주라고 졸라댔다. 난 알았다고 대답했다. 그런 일로 싸워봤자지. 던커크 씨가 내 뒤에 웅크리고 앉았다. 비디오카메라의 작은 뷰파인더를 보겠다고 우리 세 사람의 머리가 한데 뒤엉켰다. 엄마는 말끝마다 "끝내주지 않아요? 우리 아들 시릴, 대단하지 않아요?"를 연발했고, 던커크 씨도 대꾸를 하긴 했다. 그게 뭐였더라?

잘 좀 생각해보라구.

디스코 콧수염 사내와 리스 박사가 연구실에서 함께 일하고 있는 장면을 보고 있을 때였다. 난 샌더슨 박사가 어떻게 해서 바닷물이를 커피 잔에 빠뜨렸는지를 설명했다. 바닷물이들이 서로 뒤엉켜 꿈틀거리는 모습이 마치 트위스터 게임을 하는 것처럼 보였다. 곤충 버전의 트위스터 게임, 뭐 그런 셈이지. 아무튼 꽤나 우스꽝스러웠다.

엄마는 "징그러워!" 하면서도 깔깔대며 웃었다.

던커크 씨는 웃지 않았다. 분명히 그걸 기억한다. 웃길 만도 한데, 그의 표정은 변화가 없었다. 오히려 사뭇 심각해 보였다. 던커크 씨가 말했다. "아주 재미있는데, 씨릴." 그 순간 내 귀에 분무기로 뭔가를 뿜듯 뿌려지는 느낌이 전해졌다.

아직도 분무기로 뿜는 듯한 그 느낌이 남아 있었다.

분무기. 그렇지!

난 스케이트보드에 몸을 싣고 켄달을 쫓아갔다. 켄달의 소규모 오빠 부대는 녀석한테 넋을 잃고 있었다.

"그럼 던커크 씨가 오늘은 왜 틀니를 끼지 않았을까? 안 그래?

말 좀 해보시지!"
하지만 켄달은 그저 이런 반응을 보일 뿐이었다.
"누가 뭘 낀다고?"
"던커크 씨. 틀니 말이야. 오늘 틀니를 안 끼고 있었다구! 틀니를 집에서만 끼고 외출할 때 집에 모셔두고 나오는 사람이 세상에 어디 있냐? 좀 이상하지 않아?"
"그래, 알았어. 그러고 보니 좀 이상하긴 하네."
"좋아. 고맙네. 그 말이 듣고 싶었어."
여자애들이 날 보며 미소를 짓고 있었다. 하지만 쳐다보는 눈길은 '불쌍한 녀석' 하고 말하는 듯했다. 하긴 다른 사람의 틀니 문제에 그렇게 예민한 반응을 보이는 게 이상하게 보일 만도 하지. 아무렴 어때. 그래도 뭔가 대단한 돌파구를 찾아낸 느낌이었다. 한두 마디 더 했다간 여자애들이 나보고 정신 나간 놈 취급할지도 몰랐기 때문에, 그 자리에서 더 이상 말을 꺼내지 않았다.
난 집으로 돌아오는 길에 편의점에 들러 아주 매운 맛 감자칩 큰 거 한 개와 1리터짜리 음료수 한 병을 샀다. 저녁거리치곤 최고라고 말할 수 없었지만, 집에 가서 먹는 것보다는 나을 거란 생각이 들었다. 엄마는 이제 퇴근하면서 음식을 사 오지 않는다. 어젯밤에는 달랑 타코(멕시코식 샌드위치:옮긴이) 1인분을 사 와서 나눠 먹자고 했다. 내 귓가에는 아툴라 아줌마가 했던 말이 계속 들려왔다. "이번 소송에서 지면, 두말하면 잔소리겠지만, 아무것도 얻을 수가 없어."

아무것도.

'아무것도'라는 말이 난 진짜 싫다. 예전에도 가진 건 아무것도 없었다. 아무것도 가진 게 없으면 즐거울 일도 없다. 어감도 별로고 의욕도 생기지 않고. 그건 춥고 어두운 밤이 계속되는 것과 마찬가지다. 아무것도 없는 것보다는 그게 뭐가 됐든 조금이라도 있는 게 낫다.

집에 도착하니 메모가 붙은 그릇 한 개가 현관문 앞에 놓여 있었다.

안녕, 귀염둥이!
분위기도 바꿀 겸 가끔은 이런 것도 먹어야지.
(네 엄마가 이런 걸 해줄 사람이 아니란 걸 안다!)
비프

이런 게 바로 '죽으란 법은 없다'는 거로구나. 비프 아저씨가 지켜보고 있다니. 구하라, 그러면 얻을 것이니. 이제 살았다.

난 그릇을 집어 들고 집 안으로 들어갔다. 집 안은 휑했다. 하긴 어제오늘 일도 아닌데 뭐.

난 메모를 찢어 주머니에 넣었다. 속상했다. 왠지 비프 아저씨답지 않았다. 아저씨는 어떤 장애물이 있더라도 뛰어넘을 수 있는 사람인 줄 알았다. 누구에게든 너그럽게 기회를 주는 사람인 줄 알았다. 그런데 뭐? '네 엄마가 이런 걸 해줄 사람이 아니란 걸 안다'고? 난 비프 아저씨가 지금쯤은 화를 풀었기를 진심으로 바라고 있었다. 그런데 이제 두 사람이 다시 만나는 건 물 건너갔다는 생각이 들었다.

 난 잽싸게 그릇을 집어 들고 자리에 앉아 음식을 먹었다. 감자 칩을 먹은 뒤라 충분히 배가 부른 상태였지만, 그만둘 수가 없었다. 정말 끼니다운 음식을 먹는 것 같았다. 마지막으로 끼니다운 음식을 먹었던 게 언제인지 생각나지 않았다.(아니, 기억났다. 바로 비프 아저씨가 떠나던 날 밤이었지.) 으깬 감자는 생각보다 곱게 갈아지지 않았지만, 거슬릴 정도는 아니었다. 맛이 좋았으니까.

 자극적인 음식이 들어가면 세상을 보는 눈도 달라지는 법이다. 아저씨 메모에 그렇게까지 까칠하게 생각할 필요가 있나? 아저씨라고 화내거나 짜증내지 말라는 법 있어? 아저씨한테도 감정이란 게 있는데 말이야.

 그럼 던커크 씨는? 어쨌든 그는 틀니를 끼지 않고 있었다. 그게 나랑 무슨 상관이야? 틀니를 끼지 않으면 더 잘생겨 보인다고 생각할 수도 있겠지. 난들 어찌 알겠어? 엄마가 망사 스타킹을 좋아할 거라곤 상상도 못한 거나 다를 바 없지. 혹시 던커크 씨는 자기 잇몸이 매력적이라고 생각한 나머지 틀니 속에 감추고 싶지 않았는지도.

난 포크를 내려놓고 배부른 신음 소리를 냈다. 맛있어서 너무 많이 먹었나 보다. 난 그릇 뚜껑을 덮고 냉장고를 열어 엄마가 중학생이었을 때 샀을 법한 요구르트의 뒤쪽에 그릇을 숨겼다. 여기라면 내 식량은 안전할 거야. 혹시 엄마가 냉장고를 열더라도 그렇게 깊은 곳까지 찾아볼 가능성은 없을 테니까. 냉장고 깊숙한 곳은 독성 폐기물 저장고라고 해도 과언이 아니다.

난 TV의 전원을 켰다. 망할 놈의 리모컨이 또 말을 듣지 않아 난 자리에서 일어서야만 했다. 아마 엄마가 배터리를 빼서 녹취기인지 뭔지에 끼웠겠지. 몸을 숙여 TV의 전원 버튼을 눌렀을 때, 창문 밖에 뭔가가 휙 지나갔다.

그렇게 난 다시 비프 아저씨를 보았다.

밖은 어두웠고, 아저씨의 모습은 끽해야 그림자밖에 보이지 않았지만, 짧게 자른 그의 머리 윗부분이 가로등의 둥근 불빛에 비쳤다. 난 창문을 두드리며 아저씨한테 엄지손가락을 치켜올려 보였다. 난 그저 기분 나쁘지 않게 고맙다는 표현을 하고 싶었다.

비프 아저씨가 고개를 들어 나를 보았다. 아저씨는 웃거나 손을 흔들지도 않았다. 아저씨는 마치 그곳에 없었던 사람처럼 홀연히 어둠 속으로 사라져버렸다.

폭행

::
정당한 근거 또는 구실 없이 다른 사람에게 불법적으로 신체를 접촉하는 행위
::

난 무서웠다. 키 크고 비쩍 마른 콧수염 사내가 날 쫓아오고 있었다. 그가 말했다. "음료쑤 가져오라고 말했잖아! 음료쑤를 달라고!" 난 그에게서 멀어지려고 있는 힘을 다해 뛰고 또 뛰었다. 숨이 차고 늑골이 아파왔다.

건물의 반대편 쪽에 통로가 보였다. 예전에는 본 적이 없는 통로였다. 난 그곳을 향해 쏜살같이 달려갔다. 그곳은 어두컴컴하고 습한 데다 공허하게 울리는 소리마저 났다. 난 달리고 또 달리고, 최대한 빨리 달렸다. 그렇게 계속 달리다가, 어느 순간 내 발소리만이 들린다는 걸 깨달았다. 그 사내가 외치는 소리는 더 이상 들리지 않았다. 발소리도 들리지 않았다.

쫓아오는 걸 포기했나 보군. 아니면 길을 잘못 들었거나. 발을 헛디뎌 넘어졌는지도 모르지. 아무튼 그 사내를 따돌린 것 같군.

난 자유다! 이제 살았다.

난 비틀거리며 되돌아가다 걸음을 멈추었다. 잠깐 동안 허공에 붕 뜬 듯한 느낌이 들었다. 100미터 수영 경기에서 우승한 다음 처럼 이젠 등을 대고 편히 쉴 수 있을 것 같았다. 영웅이라도 된 듯한 기분이었다.

한 2초 정도 인생 예찬을 하는데, 이런 젠장! 엄청나게 큰 바닷물이 한 마리가 쓰레기통에서 기어 나오더니 나한테 달려들었다. 엄청나게 크고 축축한 아가리와 하얗디하얀 이빨들이 날 물겠다고 연신 딱딱거렸고, 내 심장은 다시 최대 박동수를 기록하기 시작했다. 이제 죽었구나 하는 생각이 들었지만, 어쨌든 난 도망치기 시작했다. 난 달리기엔 젬병인데. 달리기라면 늘 형편없었지. 체육대회만 했다 하면 꼴찌는 내 차지였으니까. 아까 그 사내는 어떻게 따돌렸는지 모르겠네. 장님 문고리 잡은 꼴이군.

아무리 생각해도 저렇게 무식하게 큰 바닷물이를 따돌릴 재간은 없어 보였다. 나보다 다리가 몇 개나 더 많은데. 쟨 그 다리를 다 쓰고 있잖아. 넘어질 염려도 없고. 지칠 일도 없겠네. 결국 그 괴물 같은 녀석의 역겹고 축축한 숨소리가 내 귓가에 느껴졌다.

"알았어, 알았다구. 네가 이겼어" 하며 모든 것을 포기하려던 순간, 비프 아저씨가 눈앞에 보였다. 컴컴한 곳에 그렇게 숨어 있다니. 아저씨가 빨리 오라는 손짓을 했다. "어서, 귀염둥이! 할 수 있어! 빨리 와!" 난 엄청난 속도로 아저씨한테 달려갔다. 거의 다다를 무렵, 난 손을 뻗었다. 아저씨가 내 손을 잡더니 이렇게 말했다. "잡았다!" 난 그 말이 이젠 안전하다는 뜻인 줄 알고 아저씨를 쳐다봤다. 아저씨는 날 보며 미소를 짓고 있었지만, 기분 좋은 미소가 아니었다. 비프 아저씨의 그 미소가 아니었다. 배트맨 영화에 나오는 악당 조커의 웃음과도 같은 사악한 미소였다. 그 웃음 때문인지 아저씨는 원래보다 훨씬 커 보였다. 그제야 난 "잡았다!"는 말이 '이 자식, 넌 이제 죽었어!'라는 뜻임을 알아차렸다.

이젠 끝장이군. 그럼 그렇지. 내 몸도 그걸 알고 있었다. 내 몸속의 장기들이 녹아내리기 시작했다. 이젠 끝이다. 비프 아저씨의 커다란 손이 내 목덜미를 움켜쥐었다. 그는 여전히 웃고 있었다. 난 비명을 질렀다.

난 눈을 뜨고 나서도 계속 비명을 질러댔다. 엄마의 목소리가 들려왔다.

"왜 그래? 시릴! 엄마야! 무슨 일이니, 아가?"

난 머리를 흔들어봤지만 시야가 흐릿했다. 주위가 깜깜했지만, 엄마도 나만큼이나 놀랐다는 걸 알 수 있었다. 엄마한테 그냥 꿈꾼 것뿐이니 걱정하지 말라고 말하고 싶었지만, 그 말을 꺼내기도 전에 난 구역질을 하기 시작했다.

단순히 뱃속에 있는 걸 게워내는 구역질이 아니었다. 온몸이 구역질을 하고 있었다. 누군가 내 몸을 거꾸로 매달고 채찍질을 해댈 때나 나올 수 있는 구역질이었다. 목뼈가 삐걱거리는 게 느껴질 정도였다. 속에 있는 걸 모두 게워냈을 즈음, 온몸에 기운이 하나도 없었다. 난 입을 벌린 채 침대 위에 털썩 몸을 던졌다. 심장은 쿵쾅거리며 뛰고 있었고 눈은 멍하니 천장을 응시하고 있었다. 허공에서 작고 하얀 점들이 이리저리 춤을 추고 있었다. 그것들이 나한테는 혈관이 뛰는 모습으로 보였다. 구역질을 심하게 하면 눈이 멀 수도 있는 걸까?

엄마는 내 몸 구석구석을 깨끗이 닦아주고 차가운 천으로 얼굴을 닦아준 다음, 무릎 위에 내 머리를 뉘였다.

"오, 가엾은 내 새끼. 가엾은 내 새끼."

엄마는 계속 그렇게만 말했다. 그 말에 그동안의 온갖 일들이 다 잊힌 채, 내가 엄마를 사랑한다는 사실이 가슴 깊이 느껴졌다. 내 곁에 엄마가 있다는 사실이 너무 기뻤다. 엄마는 늘 내 곁에 있었는데 말이다. 엄마는 날 버리지 않을 거야. 내가 의지할 사람은 엄마뿐인데. 난 어릴 적 엄마가 같이 침대에 누워 책을 읽어주면서 그랬던 것처럼 엄마의 손가락이 내 머리카락을 쓰다듬는 걸 그대로 내버려뒀다. 기분이 좋았다. 바로 그 순간만큼은, 엄마의 다섯 손가락이 내 머리를 쓰다듬는 그 느낌이 영원히 계속되길 바라고 있었다.

엄마가 말했다.

"뭘 잘못 먹은 모양이구나. 오늘 뭘 먹었니, 시릴?"

절도

::
허락을 받지 않고 남의 소유물을 취하는 행위. 도둑질.
::

 다음날, 아침식사거리를 보기도 싫었던 것만 빼곤 기분이 괜찮았다. 괜찮아야만 했다. 마무리해야 할 과제물이 있었으니까. 내 빈속이나 부어오른 목, 왜 또는 뭘 먹었는지 따위는 생각하기도 싫었다. 내용물이 뭐든 구역질을 하면 늘 치즈 냄새가 진동을 하니 말이다. 던커크 씨나 전력회사에서 보낸 '미납요금 독촉장'이라고 쓰인 주황색 봉투, 혹은 비프 아저씨가 정말 날 독살이라도 하려고 했는지 따위도 생각하기 싫었다.
 당장 신경 써야 할 문제는 미디어아트 과목에서 A학점을(아니면 B학점이라도, 정 안 되면 C학점이라도) 받는 것뿐이라고 스스로를 세뇌시켜야만 했다.
 글리모치노 비디오를 마무리하기 위해선 엄마와 던커크 씨와의 마지막 인터뷰만이 남아 있었다. 서너 시간 편집하고, 두어 시간 더 녹음된 음성을 입히면 과제물을 완성시킬 수 있다. 고생한 대가가 있겠지. 스케이트보드를 타러 간다거나, 지겹도록 TV를 본다든지 말이야.

나는 급한 마음에 장비를 챙겼다. 출동 준비 끝. 이젠 인터뷰할 내용을 자세히 작성해야 했다. 엄마도 평소 좋아하는 화장을 끝냈다. 즉, 화장으로 떡칠을 했단 얘기다. 던커크 씨도 결국 카메라 촬영을 허락했다.("다른 것도 아니고, 학교 숙제 때문이라는데 뭐." 뭐 대단한 걸 허락해준 사람 같네! 맞다. '음료쑤' 아저씨, 나한테 신세진 거 갚는다고 생각하시죠.)

비디오의 뷰파인더를 들여다보는데, 화면에서 작고 하얀 글씨가 깜박거리는 게 보였다.

'디스크 없음'

그 순간, 난 어젯밤에 엄마가 내 곁에 있어서 얼마나 행복한지, 내가 얼마나 엄마를 사랑하는지 등등을 싹 잊고 말았다. 엄마가 죽도록 미워졌다.

"좋아요. 어딨어요? CD 어쨌어요? 비디오카메라 만지지 말랬잖아요!"

"뭐? 무슨 소리야? 내가 카메라를 왜 만져?"

짜증나, 정말. 그거야 내가 엄마한테 만지지 말라니까 그랬겠죠. 하루라도 사고를 안 치면 손가락에 가시라도 돋을까 봐 그랬겠죠. 이유야 수천 가지지.

난 그저 엄마를 뚫어져라 쳐다봤다.

엄마는 마치 인질 협상 전문가처럼 두 손을 위로 올렸다. 난 협상이 결렬돼 미친 듯이 날뛰는 인질범이 된 꼴이었다.

"정말이야. 맹세코. 너랑 같이 봤잖니. 그후에 넌 스케이트보드 타러 갔고, 던커크 씨랑 엄만 법률 도서관에 갔단 말이야. 그런 다음, 엄마는 집에 와서 곧바로 잤어. 그게 다야! 난 절대로 만지지 않았어, 시릴. 내가 뭐 하러 만지겠니. 정말, 정말이야. 맹세할 수 있어."

내 머릿속의 뇌세포가 전자레인지 안의 팝콘처럼 터지는 기분이었다. 난 머리를 뒤로 젖히곤 소리 없는 비명을 질렀다. 그러곤 자리를 마구 까뒤집으며 CD를 찾기 시작했다.

엄마가 더 이상 나랑 말싸움을 안 하려는 걸 보니, 엄마 역시 이게 얼마나 중요한 건지 알고 있거나, 어떻게든 수습을 해보려 하는 것 같았다. 엄마는 늘 자기가 잘못을 했든 안 했든 되레 나한테 따지는 사람이다. 자기가 잘못한 게 크면 클수록 나한테 따지는 정도도 더 심했다. 그런 방식은 엄마한테는 최선의 방어 방법 중 하나였다.

엄마도 주변을 뒤적거리며 CD를 찾기 시작했다.

반면, 던커크 씨는 건성으로 찾는 척하며 고작 근처에 있는 전단지 몇 장을 뒤적거릴 뿐이었다. 2인용 소파 위에 있는 쿠션을 들어올려보기도 했지만, 머리를 숙이고 그 밑을 찾아볼 생각은 하지 않았다. 그는 이렇게 말했다.

"그거 말고 없써진 건 또 없써요?"

엄마는 옛날 신문 더미들을 옆으로 치우다 말고 물었다.

"네? 미안해요. 뭐라구요?"

"없써진 거요. 잃어버린 거 말예요. 없써진 게 또 없냐구요."

난 "제발 틀니 좀 끼고 말해주실래요?"라고 한마디 해주고 싶은 마음이 굴뚝같았지만, 그러지 않았다. 지금 다른 게 문제야? 화요일까지 반드시 끝내야 하는 게 또 있냐고? 난 머리를 절레절레 흔들었지만 속은 부글부글 끓고 있었다.

"왜요?"

엄마가 던커크 씨를 쳐다보며 물었다.

던커크 씨는 손가락을 핥은 다음 안경을 고쳐 썼다.

"글쎄요. 혹시 도둑이 왔다가 씨디까지 가져갔을지도 모르잖아요."

엄마가 손바닥으로 자기 뺨을 치며 말했다.

"맞아! 바로 그거야! 분명히 도둑놈 짓이야!"

엄마는 '봤지? 난 아무 짓도 안 했다고 했잖아'라는 표정으로 날 쳐다봤다.

나 참, 어이가 없어서 화낼 기운도 없네. 난 맥빠진 얼굴로 말했다.

"누가 우리 집을 털 생각을 하겠어요? 우리 집에…… 값나가는 건 아무것도…… 없는데……."

엄마는 입을 쩍 벌리더니 눈을 부라리며 날 쳐다봤다. 너무나도 모욕적인 말이라는 듯이.

"시-릴! 우리한테 다른 사람들이 원하는 게 얼마나 많은데 그러니!"

난 더 이상 참을 수가 없어서, '행사용 바람인형' 흉내를 내며 말했다.

"네네~ 이번 상품은 더럽게 사랑스러운 중고 12인치 흑백 텔레비전 되겠습니다~ 이 상품은 마분지 상자와 너무 잘 어울려서 얼핏 보면 영락없는 상자처럼 보이는 장점이 있습니다."

엄마는 어이없다는 듯 입을 헤벌려 웃더니 뭔가 훔칠 만한 가치가 있는 게 없나 찾느라 열심히 방 안을 둘러보았다.

난 창틀 쪽으로 달려가선 이렇게 말했다.

"또한, 1976년에 생산된 라디오 기능이 추가된 최신 알람시계가 있는데요. 귀신을 불러 모을 수 있는 독특한 소리는 다른 제품에서는 절대로 볼 수 없는 기능이 되겠습니다."

엄마가 말했다.

"그게 얼마나 멀쩡한데. 얼마나 고전적이니? 사람들은 웃돈을 줘가며 이런 라디오를 산다구."

난 엄마가 구세군 매장에서 14달러 주고 산 털옷을 거실로 가지고 나왔다.

"자, 물론, 여러분이 처음 보시는 특별한 디자인의 밍크코트도 준비되어 있습니다. 선명한 빨간 케첩 자국과 보풀이 일어나는 포켓 디자인이 일품이지 않습니까?"

난 그 옷을 거실 바닥 위로 던져버리며 말했다.

"보시죠. 제 눈엔 값나갈 만한 건 죄다 멀쩡히 있는 것 같은데요. 별 희한한 도둑놈이 다 있네요."

난 빈백체어(비닐 또는 모조 가죽 주머니에 폴리스티렌 구슬을 넣은 말랑말랑한 의자:옮긴이)를 휙 뒤집었다. 그랬더니 내가 초등학교 4학년 때 잃어버렸던 양말 한 켤레와 1달러쯤 되는 동전들이 나왔다. 하지만 CD는 없었다.

"내 발가락찌! 그게 없어졌어!"

난 엄마의 말을 그냥 무시했다. 난 엄마가 어떻게 나올지 알고 있었다. 엄마의 또 다른 주의분산 전술. 이번엔 안 속는다고요. 난 무릎을 꿇은 채 2인용 소파의 밑을 살폈다. 먼지가 잔뜩 앉은 토끼 인형이 새끼 먼지를 낳고 있었다. 우리한테 비프 아저씨가 필요한 또 하나의 이유다.

난 심리상담사가 와서 엄마를 데리고 나갈 때까지 소파 아래에서 맥없이 앉아 있고 싶었지만, 갑자기 천식 증상이 나타나기 시작했다.

난 벌떡 일어섰다. 엄마는 창문 옆에서 허탈한 표정으로 서 있었다.

"내가 거실에 앉아 발톱 손질을 하느라고 그걸 여기다 뒀는데…….”

엄마는 말을 계속하는 게 괴롭다는 듯, 하던 말을 멈추었다.

"그랬는데, 없어졌다구!"

그 발가락찌는 엄마가 길거리에서 다섯 개에 2달러나 주고 산 것이었다. 누가 보면 그깟 걸 훔치겠다고 도둑이 든 줄 알겠네. 차라리 분리수거함을 훔치고 말지.

던커크 씨는 고개를 끄덕이며 입술을 손가락으로 톡톡 두드리고 있었다. 그 꼴이 영락없이 국제 다이아몬드 절도단 검거에 결정적인 증거를 찾기라도 한 셜록 홈스의 모습이었다.

"흠. 맞아요. 또 없써진 거 없는지 잘 쌩각해봐요."

엄마는 먹잇감을 찾는 슬픈 흰올빼미처럼 방 안을 두리번거렸다. 진짜 돌아버리겠네. 내가 왜 이런 쓰레기 더미를 지켜봐야 하는 건데?

엄마가 흡 하는 소리를 내며 던커크 씨한테 쓰러지듯 몸을 기댔다.

"『호밀밭의 파수꾼』 책이 없어졌어요!"

난 우리가 티테이블로 사용하는 고장 난 TV를 살펴봤다. 엄마 말이 맞았다. 『호밀밭의 파수꾼』이 보이지 않았다.

그깟 책 한 권 없어진 게 뭐 대수냐고 생각할지 모르겠다. 고무줄에 묶인 낡아빠진 책에 불과하니까 말이다. 그런 책은 벼룩시장에서 단돈 25센트만 주면 얼마든지 살 수 있다.

하지만, 우리에겐 심각한 문제였다.

엄마는 그 책을 이 세상 무엇보다도 좋아했다(물론, 장담은 못 하겠지만, 나라는 존재와 담배를 제외시킬 가능성은 있다). 엄마는 예전에 길거리 생활을 할 때, 그 책을 베개로 썼다. 다른 엄마들이 자녀들한테 『달려라, 멍멍이!』 같은 그림책을 읽어줄 때, 엄마는 나한테 『호밀밭의 파수꾼』을 읽어주곤 했다. 엄마는 그 책을 늘 곁에 두고 필요할 때면 언제든지 뒤적거리며 주인공인 홀든 콜필드에 대한 생각으로 하루하루를 버티곤 했다. 엄마는 항상 그 책을 고장 난 TV 위에 고이 모셔두고 마치 작은 제단처럼 여겼다. 엄마의 친구라면 누구든지 그 책이 엄마한테 얼마나 중요한 것인지 알고 있을 정도로.

나보고 정신 나간 놈이라고 할지 모르겠지만, 그 순간엔 나도 진짜 도둑이 든 건 아닐까 하는 생각이 들었다.

엄마는 2인용 소파에 앉아 몸을 앞뒤로 튕기면서, 마치 자기 애가 납치라도 된 양 "홀든! 홀든!" 하며 소리를 질렀다. 던커크 씨는 엄마의 등을 토닥였다. 엄마를 달래주려고 그랬는지, 토하라고 등을 두드려준 건지는 헷갈리지만.

내 과제물이 들어 있는 CD가 통째로 없어졌는데, 난 이게 뭐지? 정말 눈물 없인 볼 수 없는 장면이구만.

난 정신을 차리고 말했다.

"두 분 제발 그만 좀 하실래요! 누가 훔쳐간 게 아니라구요. 창문은 모두 잠겨 있고, 누가 문을 부순 흔적도 없잖아요. 아무도 여기 들어온 사람은 없어요. 뭣 때문에 그런 짓을 하겠어요? 그깟 발가락찌를 훔치려구요? 제 과제물을요? 그 케케묵고 닳아빠진 책을 훔치려구요? 그건 아니죠. 그것들은 다른 사람한텐 아무 짝에도 소용없는 거라구요. 우리한테만 중요하지."

엄마는 떨리던 입술을 멈추고 나한테 뭔가 따질 듯한 얼굴을 잠시 보이더니, 이내 표정을 확 바꾸었다. 그러곤 눈을 한껏 가늘게 치켜떴다. 만약 지금 엄마가 밖에 있었다면, 분명 엄마는 이 시점에서 침을 퉤 하고 뱉었을 거다. 대신 엄마는 무슨 고약한 냄새라도 맡은 것처럼 코 평수를 늘리며 말했다.

"네 말이 맞아. 그래서 그 인간이 책을 가져간 게 분명해."

엄마가 누굴 말하는지는 물어볼 필요도 없었다.

정황증거

::
목격자 혹은 사건 관련자가 직접 눈으로 목격한 것이 아닌, 사실을 입증할 충분하고도
납득할 만한 근거가 부족한 증거
::

  우리 집 주변을 기웃거리는 비프 아저씨를 본 적이 있다는 얘길 꺼내야 할 때가 됐다는 생각이 들었다. 비프 아저씨가 뭐라 뭐라 거짓말을 둘러대곤 도망가듯 몸을 감췄다는 것도.
  하지만, 난 털어놓지 않았다. 거리낌 없이 우리 집 주변에 나타났다는 사실만으로도 엄마는 충분히 비프 아저씨한테 주거침입과 금품갈취 혐의를 뒤집어씌울 수 있으니까.
  난 잠자코 있었다. 난 그때까지도 비프 아저씨가 그런 식으로 몸을 피한 데에는 어떤 이유가 있을 거라고 믿고 싶었다. 뭐랄까, 난 아저씨를 내 친구처럼 생각하고 있었기 때문이다. 뭐랄까, 마음 맞는 친구? 심지어(이건 좀 황당하긴 하지만) 우리 아빠, 혹은 아빠처럼 친근한, 그것도 아니면 새아빠나 뭐 그런 정도?
  아무튼 어떤 이유에서든 모양새가 좋아 보일 리는 없었다. 비프 아저씨는 몰래 숨어 어슬렁거렸으니까. 아저씨는 우리 집 열쇠도

가지고 있다. 마음만 먹으면 문을 부수지 않고 들어올 수 있다. 게다가 엄마가 『호밀밭의 파수꾼』에 얼마나 집착하는지, 그 책이 사라지면 엄마가 얼마나 괴로워할지도 뻔히 알고. 엄마가 발가락 찌를(손톱가위든, 깨끗한 수건이든, 프라이팬 뒤집개든) 어디에 두는지 알고 있는 유일한 사람이기도 했다.

증거야 대려고 맘먹으면 한도 끝도 없다는 건 틀림없는 사실이지만, 난 그저 믿을 수가 없었다. 비프 아저씨는 그런 행동을 할 사람이 아니란 뜻이다. 흔히들 어떻게 생각할지는 나도 안다. 누구든 처음부터 의심받는 건 아니니까. 뉴스 인터뷰를 보면, 미친 연쇄살인범의 옆집에 살던 할머니도 늘 "세상에, 믿기질 않아요! 정말 친절한 사람이었는데. 얼마나 예의바르고 과묵했는데요!" 그러면서도 그 사람이 왜 새벽 두 시만 되면 뒤뜰에 나가 땅을 팠는지 의심한 경우는 거의 없다. 단순히 좀 늦은 시간에 정원을 가꾸나 보다 생각했을 테지.

하긴, 나 같아도 그런 생각은 못했을 거다. 비프 아저씨는 우리 집의 음식물 쓰레기통까지 치우던 사람이다! 우리한테 소파도 줬잖아! 엄마와 날 위해서, 굳이 안 해도 될 궂은일을 한 게 얼만데. 아저씨는 자기가 떠난 뒤론 내가 제대로 얻어먹지 못하고 있을 거란 사실을 알고 내가 좋아하는 닭고기 요리를 만들어 갖다 주었다. 좋다, 그걸 먹은 뒤 탈이 나긴 했지만, 어쨌든 다음날엔 방과 후에 스케이트보드 연습장에 갈 수 있을 정도로 상태가 좋아

졌잖아. 사실 그날은 평소보다 집에 늦게 도착했기 때문일지도 모른다. 아저씨가 갖다 놓은 음식이 따뜻한 데서 한참 동안 방치되는 바람에 박테리아니 세균이니 하는 것들이 신나게 번식했을 테니, 어쩌면 그건 내 탓일지도 모른다. 결코 아저씨가 날 의도적으로 해코지하려 했다는 생각은 들지 않았다.

그리고, 아저씨는 내가 손을 흔드는 걸 보지 못했거나 내가 부르는 소리를 듣지 못했을 수도 있고, 가려던 곳의 명칭을 잘 기억하지 못했을 수도 있지 않을까. 하루 종일 거리를 걸어 다닌다고 생각하면 더더욱 그럴 만도 하지. 아저씨에겐 아마도 뭔가 다른 의도가 있었을 거다.

그는 좋은 사람이다. 그렇고말고.

난 그렇게 굳게 믿을 뻔했다.

항소

::
이미 내려진 판결에 대해서 공식적으로 이의를 제기하는 절차
::

지금 당장 CD가 있어야 하는 건 아니었다. 정말이다.
난 마음을 비우기로 했다.
"두 분 다 소설 좀 그만 쓰실래요? 누가 뭘 훔쳐갔다고 그래요! 두 분은 이 쓰레기 더미랑 씨름할 시간이 있는지 모르겠지만, 난 아니거든요! 갈래요! 가서 그놈의 환장할 과제물인지 뭔지를 다시 만들어야지. 누구 덕분인지 원……."
난 머리를 절레절레 흔들었다. 그러곤 입을 굳게 다물었다. 지금 당장은 이런 일로 엄마와 논쟁을 벌이고 싶지 않았다.
"내가 없는 동안 쓸모 있는 일 좀 하시지 그래요. 방이라도 좀 치우시든지! 돼지우리예요, 뭐예요!"
이럴 땐 나라도 어른 노릇을 좀 해야지 원.
난 화가 나서 집을 뛰쳐나갔다. 근처 어딘가 수풀 속에 몸을 숨기고 있을지도 모를 비프 아저씨를 찾아볼 마음조차 없었다. 어

른들의 유치한 짓거리에 몸서리가 쳐졌다. 몸만 어른인 애들을 돌보는 것도 힘들다. 나도 좀 쉬어야지. 한 애는 '믿어달라'고 떼쓰고, 다른 애는 '나 찾아봐라' 놀이만 하고 있는데, 나머지 한 애는 그놈의 '이빨'이 문제였다.

여길 뜨자. 여기 있는 것보단 과제물을 하는 게 백번 낫겠다.

운이 좋게도 마침 도서관은 한산했다. 사람들이 별로 보이지 않았다. 사서 선생님마저도 보이지 않았다. 난 컴퓨터가 있는 자리에 앉아 인터넷으로 '어니스트 샌더슨'을 검색했다. 별 생각 없이 그 연구실 동영상이 다운되는 걸 기다리고 있는데, 그때 한 여인의 목소리가 들렸다.

"저, 실례합니다. 잠깐만요."

아무도 대답하는 사람이 없었다. 난 그 목소리를 못 들은 척했지만 그 여인이 갑자기 "거기!" 하고 말했다. 난 어떤 한심한 녀석을 데리러 온 엄마가 공공연히 면박을 주나 보다고 생각했다. 한두 번 보나 뭐. 그럴 때면 난 후드티를 머리에 푹 뒤집어쓰고 슬쩍 자리를 피하곤 한다.

난 흘끔거리며 주변을 둘러봤다. 너무 티나게 쳐다보면 좀 그렇잖아.

순간 난 심장이 멎는 줄만 알았다. 누군가의 엄마가 아니었다. 바로 섀넌도어 씨가 손을 흔들며 누군가를 부르고 있었다. 난 그게 누구인지 보려고 뒤쪽을 쳐다봤다.

뒤에 아무도 없다는 걸 알고 나니 얼굴이 화끈거렸다. 마른침이 꼴깍 넘어갔다. 난 아주 천천히, 천천히 몸을 돌렸다.

섀넌도어 씨는 여전히 손을 흔들며 미소 짓고 있었다.

"아니, 아니. 학생 말이야."

갑자기 겁이 났다. 난 손가락으로 내 가슴팍을 가리키며 말했다.

"저요? 저…… 말예요?"

그 여인은 다시 한 번 고개를 끄덕거렸고, 눈꼬리를 살짝 올리며 아까보다 환한 미소를 지어 보였다. 난 심장이 입천장까지 튀어올라 뇌진탕이라도 걸리는 줄만 알았다. 섀넌도어 씨는 웃을 때 정말 예뻤다. 글리모치노의 효능이 놀랍다는 건 알지만, 그 때문이 아니었다. 눈도 초롱초롱 빛나고 있었다. 웃는 모습을 봐선 전혀 피곤한 기색이 느껴지지 않았다.

"귀찮게 해서 미안한데, 둘러봐도 도움을 청할 사람이 아무도 없어서 말이야. 학생 또래라면 컴퓨터에 대해 잘 알 것 같아서. 잠깐 나 좀 도와주면 안 될까?"

여부가 있나요. 사지가 떨리는 이 상황이 진정된다면야, 얼마든지 도와드리지요.

"네, 그러죠."

난 로봇처럼 걸어가서 그녀 옆자리에 앉았다. 발이 바닥에 닿지 않아 대롱거리며 의자에 앉아 있는 다섯 살짜리 꼬마가 된 기분이었다. 기분이 아주 이상했다. 세상에서 가장 예쁜 보모를 둔 아이의 기분이랄까. 난 그녀의 얼굴을 쳐다볼 엄두조차 내지 못했다.

섀넌도어 씨는 내 의자의 팔걸이를 잡더니 자기 쪽으로 의자를 당겼다.

"겁내지 마! 안 잡아먹을게."

그녀에게선 좋은 냄새가 났다. 비프 아저씨였더라도 홀려서 쫓아나갈 법한 좋은 냄새가 났다.

"나보고 컴맹이라고 한심하게 생각하겠네. 사실, 매일 도서관에 왔지만, 아직도 컴퓨터 사용법을 잘 모르겠어."

그녀는 다시 미소를 지었다. 아뇨, 당신을 한심하다고 생각해본 적 없어요. 기분이 묘했다. 그녀가 웃으면 웃을수록, 점점 더 똑똑해 보인다는 생각이 들었다. 어쩌면, 내 경계심이 점점 풀어져서 그런지도 모르지.

그녀는 수첩들을 꺼내 컴퓨터 옆에 가지런히 올려놓았다.

"자, 내가 지금 뭘 잘못하고 있는지 말해줄래? 어떤 자료를 좀 찾고 싶은데, 사서 선생님이 뭘 어떻게 하라던데…… 음…… 검색…… 뭐라고 했는데……."

"검색엔진요?"

"맞아, 그런 거였어."

그녀가 크고 긴 손톱 때문에 제대로 키보드를 두드릴 수 있을지 의문이었다. 키보드를 두드리는 모습이 마치 막대기들이 탭댄스를 추는 것만 같았다. 그녀는 잠시 키보드 위의 글자를 이리저리 찾더니 말했다. "아! 여기 있다!" 그러곤 엔터키를 눌렀다.

"봤지?"

그녀의 눈은 놀랍도록 밝은 초록색을 띠고 있었다. 마치 라임빛이 도는 아이스캔디 같았다.

"계속해서 사이트를 찾을 수 없다고만 뜨거든."

난 모니터를 살폈다. 그녀 말고 다른 걸 봐야 하는 상황이 너무도 고마울 따름이었다. 입이 바짝 마르기 시작했다.

"오, 아…… 그게요. 음…… 가글이 아니라…… 구글이라고 입력하셔야 하는데."

그녀는 모니터와 날 번갈아 보더니 한바탕 웃음을 터뜨렸다(사서 선생님이 봤더라면 쫓겨났을 거다). 놀라웠다. 얼핏 봐선 그녀가 그렇게 크게 웃을 사람 같지 않았는데, 웃는 모습이 너무나 자연스러웠다. 그 바람에 나까지 웃음을 터뜨리고 말았다.

"아, 웃겨 진짜! 사서 선생님이 말한 게 바로 구글이었어! 어쩐지 바닷물에 가글을 하란 말이 좀 이해가 안 되더라니. 매일 커피에 타 먹는 게 그건데 말이야. 아무튼 진짜 고맙다."

내가 일어나서 가려는데, 그녀가 내 팔을 잡았다.

"미안하지만 말이야, 내가 이걸 제대로 하고 있는지 조금만 더 봐주면 안 될까?"

그녀는 크고 푸른 눈으로 날 올려보며 말했다. 왠지 거부하고 느끼한 기분이 들긴 했지만, 어쨌든 효과가 있었다. 지금 내 과제물이 문제야? 이것도 과제물의 일부라면 일부지 뭐. 혹시 알아? 샌더슨 박사에 대해서 과제물에 써먹을 뭔가를 더 알아낼 수 있을지.

"아, 네. 그럼요. 찾고 싶은 게 또 뭔데요?"

난 스스로 대견한 느낌이 들었다.

섀넌도어 씨는 서류 뭉치를 마구 뒤지더니 어떤 서류 하나를 찾아냈다.

"그래, 어디 보자. 파워파우더를 먼저 찾아볼까?"

난 그녀에게 차근차근 다시 사용법을 가르쳐줬다. 파워파우더 사이트는 폐쇄되어 있었다. 아마 회사가 문을 닫은 듯했는데, 여러 개의 관련 기사는 남아 있었다. 섀넌도어 씨는 더블 클릭을 할 줄도 몰라서, 기사를 여러 개 인쇄하는 동안에도 난 그녀 곁에 있어야 했다. 그녀가 원하는 작업을 다 마칠 때쯤 돼서야, 그녀는 뭔가 돌아가는 걸 아는 것처럼 보였다. 난 왜 그녀가 자기를 바보라고 했는지 이해할 수가 없었다. 그녀는 매일 컴퓨터를 쓰는 엄마보다도 훨씬 빨리 사용법을 배우고 있었다.

"와, 별것도 아니네! 하나도 어렵지 않은걸. 옛날 책을 수십 권 뒤적거리는 것보다 백배 낫네 뭐. 자, 그럼 이번엔 나 혼자 해볼게. 알았지? 이번엔 뭘 찾아볼까? 어디 보자…… 특-허, 한 칸 띄우고, 보-호. 특허 보호. 그다음 엔터를 치면, 와, 됐다!"

법률 관련 사이트들이 모니터에 주욱 떴다. 섀넌도어 씨는 손을 위로 번쩍 쳐들면서 말했다.

"와, 너 진짜 천재다!"

그러더니 몸을 굽혀 내 뺨에 입을 맞췄다.

다른 사람이 봤더라면 어땠을지 모르겠지만, 나로선 달리는 자동차 유리창에 퍽 하고 부딪친 날파리 같은 느낌이었다. 분명 섀넌도어 씨도 그게 어떤 모습인지 알 거라는 생각이 들었다. 그녀는 다시 한 번 한바탕 웃음을 터뜨렸다.

그녀는 "아우, 귀여워라!" 하면서 손가락으로 내 얼굴에 묻은 립스틱을 문질렀다.

"자, 이제 다 됐네! 괜히 네 여자친구가 나처럼 나이 든 과부한테 질투할라!"

난 비틀거리며 뒤로 물러났다. 학교 친구 녀석들은 아무도 미스 USA 치은염 출신의 여인이 나한테 뽀뽀를 해줬단 말을 믿지 않을 거다. 열람실 여기저기에 걸린 포스터에 쓰여 있는 말은 사실이었다. 도서관에 오면 즐겁습니다!

난 과제물에 집중하려 해봤지만, 내 마음은(그리고 내 눈은) 정신을 못 차리고 있었다. 정말 사람 속은 알 수 없는 법이다. 내 말은 첫째, 섀넌도어 샌더슨이란 여인이 나 같은 사람한테 귀엽다는 말을 할 줄 누가 알았겠냐는 거다. 둘째, 그녀 같은 사람이 이렇게 도서관에서 시간을 소비하고 있을 줄 누가 생각이나 했겠냐는 거다. TV에서 봤을 때부터 이미 난 그녀를 '금발의 멍청이'라고 낙인 찍었지만, 그녀는 다시 내 앞에 나타나선 자료를 찾고 있었다. 그것도 손톱 손질이나 머리카락 손질 때문도 아니고, 연예인들처럼 비밀스럽게 데이트를 하려고 도서관을 찾은 것도 아니란 말이지. 다름 아니라, 바로 파워파우더를 조사하고 있었다. 내가 잘못 알고 있는 게 아니라면, 그건 바로 던커크 씨가 불 속으로 집어 던진 그 세척제가 틀림없었다.

난 그녀의 속셈이 뭔지 궁금했다. 항소라도 하려는 걸까? 그렇다면 그리 놀랄 일도 아니지. 사실, 어지간한 판결에는 항소가 따르기 마련이니까. 만약 변호사가 판사가 잘못 판단했다는 근거를 찾아내거나 사소한 법적 허점을 발견한다면, 얼마든지 또 다른 소송을 제기할 수 있다. 이번엔 자신들의 손을 들어주는 판결을 하겠거니 기대하면서 말이지.

엄마한테 섀넌도어 씨가 뭘 하고 있었는지 말해줘야 엄마 입장에서도 대비를 할 수 있을 거란 생각이 들었다. 그래야 착한 아들이고말고.

하지만 난 잠시 고민했다. 내가 할 수 있는 건, 엄마를 배신하거나, 미스 치은염을 배신하거나, 둘 중 하나였다. 난 선택했다. 아무래도 난 착한 아들은 아닌가 보다.

난 컴퓨터에 CD를 넣고 과제물에 필요한 자료들을 복사했다.

섀넌도어 씨가 손을 번쩍 들어 흔들면서 말했다.

"어-이! 갈게! 고마워!"

나도 웃으면서 손을 흔들었다. 어깨가 뻐근해질 때까지.

난 과제물에 집중하려 애썼다. 또 필요한 건 없나? 사진 몇 장은 인쇄했으니 포스터로 쓰면 되겠다. 카바노프 선생님이 포스터까지 만들라는 말은 하지 않았지만, 포스터를 만들면 보너스 점수를 받을 수 있을지도 모른다. 난 그 재판에 관련된 자료를 몇 가지 더 복사했다. 그런 다음 자리에서 일어났다.

도서관을 빠져나오는 가장 빠른 길은 도서반납대를 곧장 가로지르는 거였지만, 왠지 모르게(그래, 거짓말인 거 인정하지) 난 섀년도어 씨가 앉은 자리를 지나 돌아가는 길을 택했다. 범인이 반드시 범죄 현장을 다시 찾을 때도 이런 기분일까.

난 최대한 아무렇지 않은 척, 무심한 척, 그저 방향을 잘못 잡은 척하려 애쓰며 걸어갔다. 그러면서 그녀의 자리 쪽을 힐끔 내려다봤다. 난 내심 모니터에 비친 그녀의 얼굴, 혹은 웃으면서 인사하는 모습, 혹은 또 한 번 뽀뽀를 날리면서 "아우, 귀여워" 하는 말 따위를 기대하고 있었다.

꿈도 야무지지. 하지만, 그 자리에는 더 좋은 건수가 기다리고 있었다. 그녀가 앉았던 자리에 메모지 한 장이 떨어져 있었다.

난 그걸 집어 들고 부리나케 도서관을 빠져나왔다.

퇴거명령

::
임대차 계약을 위반한 세입자를 내쫓는 절차
::

거리를 두 번이나 왔다 갔다 했지만, 새년도어 씨의 모습은 보이지 않았다. 난 최소한 그녀가 흘린 유리구두라도 발견할 수 있을 거란 기대감에 부풀어 있었다. 하지만 기껏 눈에 들어온 건 툭 불거진 배꼽처럼 땅속에 묻혀 있는 낡아빠진 양말 한 짝뿐이었다 (이게 그녀의 것은 아닐 테지). 잔뜩 실망한 난 길 위의 자갈 두어 개를 걷어차곤 메모지를 주머니 속에 꾸겨 넣었다.

이게 무슨 짓이람? 그녀를 찾았다 한들 무슨 차이가 있겠어? 완전 소설을 쓰시지. 신데렐라를 찾은 게 생쥐 마부겠어? 왕자가 찾은 거지.

정신을 차리자. 망할 놈의 과제물이나 끝내자구. 난 시계를 봤다. 오후 7시 45분. 학교의 미디어아트 실습실은 밤 아홉 시까지 연다. 빨리 서두르면, 적어도 오늘 밤 안으로 대충 뭐라도 만들 수 있을 거란 생각이 들었다. 아무것도 없는 것보다야 낫지 뭐.

이렇게나 늦은 시간에 실습실에 나타난 날 보고 율체신 선생님이 의아한 표정을 지었지만, 난 잠자코 안으로 들어갔다. 실내를 두리번거리다 모두들 핏츠모라고 부르는, 나보다도 덜떨어진 녀석 옆에 자리를 잡았다. 난 녀석 옆에 앉는 게 좋다. 늘 나보고 잘생겼다고 하거든.

컴퓨터를 켰다. 문득 어떤 영감이 떠올랐다. 맞아, 생각보다 일을 망친 게 아닐지도 몰라. 어쩌면 여기 컴퓨터에 저장해놓은 게 있을지도 몰라. 난 비밀번호를 눌렀다. 아싸! '척과 앤디'. 어쨌든 예상대로 일이 풀리는 것처럼 보였다.

난 파일을 열었다.

하지만 한숨을 내쉬며 컴퓨터에 머리를 쿵쿵 박았다. 내가 찾는 파일이 아니었다. 그건 엄마가 소송에서 이긴 날 저녁을 먹으며 찍은 영상이었다. 아, 꼬이네.

좋아. 까짓 거, 없던 걸로 하자구. 난 파일을 닫고, 컴퓨터에 CD를 넣은 뒤 맨땅에서부터 다시 작업을 시작했다. 그때 기분은 최악이었다. 새년도어 씨한테 온통 정신을 파느라 잠시나마 엄마 생각을 잊고 있었는데, 영상을 보고 있자니 열이 받쳤다. 이 짓거리를 하고 있는 게 다 엄마 때문이잖아. 무고죄니 뭐니 하는 소송도 그놈의 전력회사 독촉장 때문인 거고. 던커크 씨는 또 어떻고. 그 사람 때문에 밤을 새워야 할지도 모르잖아.

척 던커크.

차라리 천덕꾸러기라고 부르는 게 낫겠네.

짜증나서 견딜 수가 없네, 젠장.

난 정말 내가 괜찮은 사람이길 바란다. 솔직하게 말하는 거다. 난 사람들을 대할 때 그 사람의 장점을 보고, 단점은 눈에 띄지 않길 바라는 사람이다. 누군가 온갖 걸 다 아는 척해도, 빌붙어 살면서 빈둥거려도, 그리고 이가 몇 개 없더라도 그런 것쯤은 상관하지 않는 그런 사람이 되고 싶다.

하지만, 난 아직 어린애일 뿐이다. 내 생각이 얄팍하다고 비난해도 좋다. 하지만, 저녁상을 온통 침으로 도배하는 사람이 누군가의 목숨을 구하려 했다 해서 두고두고 기억해주진 못하겠다. 날 비참하게 만드는 사람을 무작정 좋아하기란 어려운 일이다.

모니터에는 '언론보도부문 수상에 빛나는 뉴 페이스' 에바 잭슨 기자가 던커크 씨에 대해 언급하는 자료화면이 재생되고 있었다. 그 여기자는 던커크 씨를 '소송의 중심에 서 있는 교육받지 못한 순진한 남자' 어쩌구저쩌구 하고 있었다. 난 비명이라도 지를 뻔했다. 뭐, 순진하다고? 헐. 참 대단한 기자 나셨다, 그죠? 누가 보더라도 에바 기자는 던커크 씨한테는 한 마디도 말을 걸지 않고 있었다. 그래놓고선 영웅적 행동이 어쩌구저쩌구 입에 거품을 물면서 호들갑을 떨다니.

난 모니터를 주먹으로 퍽퍽 치다 말고 주머니에 손을 찔러 넣었다. 큰 한숨이 두 번이나 나왔다. 바보가 따로 없지. 이젠 어쩐다?

주머니 속에서 섀넌도어 씨가 흘리고 간 메모지가 만져졌다. 어쨌든 기분 좋은 일 하나는 건졌네.
  난 잠깐 휴식을 취하기로 했다.
  메모지를 꺼내 펼쳐 보았다. 섀넌도어 씨는 글씨 연습을 게을리 하지 않은 여학생다운 필체를 가지고 있었다. 글씨가 단정할 뿐 아니라 예쁜 장식 같았다. 어렸을 적에 글씨 연습 한답시고 시간깨나 투자했을 게 분명했다.
  난 메모지에 '가끔 전화해, 멋쟁이 친구!' 뭐 그딴 게 적혀 있기를 기대했건만, 턱도 없는 소리였다. 메모지 위쪽에는 큰 글씨로 '알아내야 할 것들'이라고 쓰여 있었다. 그 밑에는 질문에 가까운 내용들이 여러 개 적혀 있었다.

> 바닷물이의 인화성?
>
> 소화기가 놓여 있던 곳?
>
> 도와준 사람들?
>
> 국경재판소?
>
> 전화, 이메일 기록?
>
> 특허보호?
>
> 항소?

난 목록을 휘리릭 살폈다. 다른 건 그다지 눈에 띄지 않았지만, '항소'라는 말이 갑자기 내 눈을 멈추게 만들었다.

내 생각이 맞았구나. 섀넌도우 씨는 판결을 뒤집을 수 있다고 생각하는 게 분명해. 또 한 번의 재판을 생각하고 있었어.

난 먹다 남긴 닭고기와 으깬 감자처럼 기분이 쪼그라드는 것 같았다.

더 이상 그녀의 푸른 눈에 정신줄을 놓고 있을 때가 아니었다. 지금 이 사태가 뭘 말하는지 알 것 같았다. 엄마 역시 성공보수 조건으로 또 다른 소송을 준비하고 있었다. 돈 없이 얼마나 살 수 있을까? 엄마는 이미 던커크 씨의 무고죄 소송을 준비하느라 엄청난 시간을 허비하고 있었다. 요즘 수임료를 받고 진행하는 소송이 있긴 할까? 어디 돈 들어올 데가 있긴 한가? 모든 것들이 눈앞에서 사라지고 있는 게 느껴졌다.

엄마는 돈이 궁한 것 따윈 상관도 안 할 테지만, 난 늘 그런 게 싫었다. 두렵다. 먹을 것도 점점 떨어져간다. 집주인이 문 밑으로 밀어 넣는 독촉장도 표현 수위가 점점 심각해지고 있다. 우린 지금 전력회사 직원이나 채권 회수업체 직원에게서 걸려오는 전화를 피하기 위해 아예 전화를 안 받는 통에, 법률사무소 월세를 자기 혼자만 부담해야 하는지 답답해하는 아툴라 아줌마의 전화마저도 받지 못하고 있다.

그러다가 전화가 끊기면, 최소한 각종 독촉 전화를 받을 걱정은 없겠지. 가장 힘든 건 변명거리를 찾는 거다. 다른 애들은 그럴 필요가 없다. 다른 애들은 이럴 때 전화가 끊길 수도 있다는 사실조차 모른다. 문을 두드려도 왜 우리가 대답을 안 하는지 이해를 못한다. 걔들은 우리와는 다른 세상에서 살고 있으니까.

내 두 눈이 욱신거리기 시작했다. 섀넌도어 씨가 얼마나 예쁜지, 혹은 그녀가 정말 나한테 뽀뽀를 했는지가 중요한 게 아니었다. 그녀를 떠올린다고 해서 그놈의 오렌지색 봉투에 든 독촉장이 머릿속에서 사라지진 않았다.

율체신 선생님이 말했다.

"자, 30분 후에 문 닫는다. 마무리하면서 집중들 해라."

그래, 집중하자. 괜히 죄책감 느끼지 말자. 내 할 일만 하자. 난 메모지를 다시 주머니에 집어넣었다. 그러곤 도리질을 하며 마음을 추슬렀다.

한 번에 하나씩만 하자.

1. 제작 정보 넣기.

제목—어니스트 샌더슨 박사의 삶과 죽음: 하찮은 삶에서 비참한 백만장자까지.

기획, 대본, 감독, 촬영, 편집—시릴 매킨타이어.

내가 직접 해설도 하고 배경음악도 집어넣었다는 걸 표시할까?

그 문제로 잠깐 고민하다가 빼기로 했다. 그것까지 집어넣으려면, 이름을 더 작게 넣어야 하니까.

2. 몇몇 애들의 치아 상태 전후 비교 사진 배열하기. 핏츠모 녀석한테 물어보자. 그 녀석 이빨은 누렇다 못해 초록빛이 돌기까지 한다. 그 녀석이야말로 당장 글리모치노가 필요한 사람 중 하나다.

3. 샌더슨 박사의 예전 자료화면 중 필요 없는 부분 삭제하기. 전체적인 줄거리 구성에 별로 도움이 안 되는 게 많다. 단, 별 볼 일 없던 사람이 나중에 떼돈을 벌고 심지어 미스 USA 출신과 결혼까지 하게 된다는 얘기는 살리자.

4. 잘 생각해보니, 삭제하지 않는 게 좋겠다. 누구에게든 희망이란 필요한 거니까.

율체신 선생님이 20분 남았다는 경고를 보내고 있었다.

5. 실습실에 있는 동안, 빠뜨린 게 없는지 꼼꼼히 확인하기.

과제물을 전체적으로 보니 시간이 너무 긴 데다, 막상 글리모치노하곤 별 관련이 없어 보였다. 샌더슨 박사와 리스 박사한테 초점을 맞췄어야 하지만, 디스코 콧수염 사내를 포기하기가 힘들었다. 왠지 그 사내한테 빚이라도 진 기분이었다. 지금 이 순간, 내가 진짜, 진짜 형편없는 삶을 살고 있다는 생각이 들었지만, 그 사내 때문에 웃을 수 있었기 때문이다. 그 사내는 엄마도 웃게 만들었다. 만약 그 사내가 유명해지길 원한다면, 그렇게 해주고 싶은 마음이었다.

포기할 수가 없었다. 남은 시간이라곤 고작 15분 남짓이었지만, 난 '되감기' 버튼을 누르고 그 사내가 화면을 이리저리 누비는 모습을 지켜봤다. 화면 안에서 그 사내는 '미스터 빈'만큼이나 자연스러운 것이 마치 그의 출연작 중 하나인 것만 같았다.

난 그 화면을 빠르게 재생시키면서 한 백 번쯤 보다가, 갑자기 의자에서 떨어지고 말았다.

내가 지금 뭘 보고 있는지 믿을 수가 없었다. 내가 너무 피곤해서인가, 아니면 컴퓨터 앞에서 너무 오랜 시간을 보내서 그런가. 어떻게 여태 이걸 못 볼 수가 있지?

난 화면을 뒤로 돌려 다시 재생 버튼을 눌렀다.

이런, 말도 안 돼. 화면을 보는 순간, 어디서 본 장면인지 생각났다.

디스코 콧수염 사내는 자기 가운뎃손가락을 핥더니 안경을 치켜올려 쓰고 있었다.

사기

::
다른 사람을 속일 의도를 숨기고 어떤 사실을 거짓으로 위장해,
그로 인해 상대방에게 피해를 입히는 행위
::

뭐가 두려운 거지? 두려울 게 뭐 있냐고? 글쎄. 하지만 뭔가가 내 심장을 미친 듯이 뛰게 만들고 있었다. 마치 스모 선수가 내 가슴팍을 쿵쿵거리며 지나가고 있는 것만 같았다. 내 이빨도 아래위로 진동하고 있었다.

율체신 선생님이 말했다.

"이 녀석들, 15분 남았다!"

서둘러 움직여야 한다. 난 디스코 콧수염 사내의 사진을 출력한 뒤, 뚫어지게 들여다봤다. 내가 지금 무슨 생각을 하고 있는 거지? 이 사람은 젊고 비쩍 마르고 이도 멀쩡한데. 그런데 가운뎃손가락을 핥은 다음 안경을 고쳐 쓴단 말이지.

그게 뭐 어때서?

그런 식으로 안경을 고쳐 쓰는 사람이 이 사람과 던커크 씨뿐인 건 아닐 수도 있잖아. 그리고 그렇게 유별난 것도 아니잖아. 다른

사람들도 얼마든지 그럴 수 있는데 말이야.(그런 사람들이 모여서 만든 인터넷 카페가 있다 해도 그게 뭐 대수라고. '손가락 핥는 사람들의 모임', 즉 '손핥모'쯤 되겠지 뭐.) 이건 순전히 우연의 일치일 거야. 이 사람은 던커크 씨랑 전혀 닮은 구석이 없잖아.

나는 머리를 굴리며 곰곰이 따졌다. 그래, 걱정할 거 하나도 없어. 이놈의 작업물을 가지고 남은 12분 30초를 어떻게 쓰느냐가 문제지.

난 펜을 들고 디스코 콧수염 사내의 변장한 모습을 그려보다가, 그림을 집어던지고 다시 모니터를 쳐다봤다. 과제물이나 끝내라니까! 하지만, 댁들 같으면 그럴 수 있겠어?

아무리 애써도 도무지 집중할 수가 없었다. 이유는 모르겠지만, 난 다시 그림을 보고 있었다. 최면이라도 걸린 사람처럼. 그림은 나한테 이렇게 말하는 것 같았다. "시-릴! 시-릴! 내 눈을 봐. 내 눈을 자세히 보라구……."

난 그림을 뚫어져라 노려봤다.

묘한 느낌이 들었다.

묘하다기보단, 섬뜩했다.

뒷목의 솜털이 곤두서는 것처럼 섬뜩한 느낌.

그저 검은색 잉크가 괴발개발 휘갈겨진 것에 불과했지만, 눈을 가늘게 뜨고 그림을 좀 떨어뜨린 채 보면 턱수염처럼 보였다.

가슴에서 스모 선수가 또 쿵쿵거리기 시작했다.

보면 볼수록 턱수염을 닮았다. 던커크 씨와도 많이 닮았다. 코와 안경은 별로 닮지 않았다. 쓰고 있는 안경은 꽤나 구닥다리처럼 보였다. 하지만, 눈은 아니었다. 눈은 하나도 변하지 않았다.

지금 과제물이 문제가 아니었다. 내 생각이 맞는지 확인할 필요가 있었다.

난 구레나룻을 마저 그려 넣고, 앞니를 지우고, 눈 밑에는 눈두덩을 그려 넣고, 머리카락은 지금의 던커크 씨 헤어스타일과 비슷하게 그렸다.

이젠 스모 선수가 떼를 지어 쿵쿵거리기 시작했다.

손마저 너무 심하게 떨리는 바람에 컴퓨터 자판을 제대로 누를 수 없을 지경이었다. 난 책상 위에 팔꿈치를 꽉 기댄 채, 예전에 던커크 씨와 함께 저녁을 먹으며 찍었던 영상을 간신히 정지시킬 수 있었다.

난 디스크 콧수염 사내의 그림을 집어 들고 핏츠모를 팔꿈치로 쿡 찔렀다.

"야, 잠깐만. 이 그림이랑 저 화면에 나오는 남자랑 닮은 것 같냐?"

핏츠모는 게임 속의 외계인 몇 명을 더 죽이고 난 후, 그림을 살폈다. 그러곤 입술이 코에 닿을 정도로 잔뜩 입을 찡그리더니 고개를 끄덕였다.

"그렇네. 좀 닮은 것 같다. 그런데, 너! 이 그림이 진짜 누구랑 닮았는지 알아?"

"아니, 누군데?"

아, 또 내가 못 보고 지나친 게 있나 보네. 그럼 그렇지.

"카바노프 선생님."

어이가 없었다. 난 그저 웃고 말았다. 자세히 보니 그렇긴 하네.

율체신 선생님이 말했다.

"얘들아, 10분 전이다. 너희들이 가든 말든 땡 하면 난 갈 테니까 그리 알아. 슬슬 가방들 챙겨라."

그렇다고 영락없이 닮은 모습은 아니었다. 쌍둥이처럼 꼭 빼다 박은 건 아니었다. 하지만, 아무튼 비슷한 구석이 있었다. 20년이란 세월이면 얼마든지 변하고도 남지(실례로, 엄마도 열 살 때는 교회 성가대에서 노래를 부른 적이 있단 말이지). 던커크 씨가 바로 디스코 콧수염 사내라고 단정 짓는 건 무리지만, 알 수 없는 거 아냐? 물어본 적도 없는데 말이지. 두 사람의 지문을 채취해서 비교할 수도 없는 노릇이고. 게다가, 그렇게 하려면 당연히 CSI의 도움을 받아야겠지. 아무튼, 어떻게 해서든 상태가 안 좋은 날의 카바노프 선생님을 닮진 않았다는 걸 밝힐 필요가 있었다.

하지만, 뭘 갖고? 이 화면은 내가 태어나기도 전에 찍은 건데. 화면 속의 남자가 누군지 무슨 수로 알 수 있겠어?

난 모니터를 다시 쳐다봤다. 영상이 계속 재생되고 있었다. DNA 샘플을 채취할까, FBI 범죄분석가의 자문을 구할까, 엑스

레이를 찍어 분석할까……. 아무리 생각해도 도움이 될 만한 방법이 떠오르지 않았다.

그러다 생각이 났다. 그런 고도의 방법 따윈 필요 없다. 출연자 정보를 보면 되니까! 물론 디스코 콧수염 사내가 출연자 목록의 상위에 있진 않겠지만, 어쨌든 제작진이 출연자 목록에 그를 올려놓긴 했을 거다.

율체신 선생님이 시한폭탄이 터지기 직전이라는 듯, 짜증난 목소리로 "똑딱똑딱" 시곗바늘 돌아가는 소리를 내고 있었다.(난 선생님이 엄청 화난 모습을 본 적이 있다. 지금도 그저 웃자고 하는 건 아닐 거다.)

난 예전에 찍은 글리모치노 관련 영상을 다시 열어 출연자 목록을 휙 훑었다.

아, 되는 게 없네. 척 던커크란 이름은 없었다.

난 손톱을 잘근잘근 씹으면서 잠시 생각에 빠졌다.

이 남자는 과학자. 어쩌면 척이란 이름을 쓰지 않았을 수도 있다. 가령, 척보다는 찰스란 이름이 더 과학자처럼 들린다고 생각했을 수도 있지(이 남자가 자기 이름이 알베르트 아인슈타인이나 아이작 뉴턴이라 했다 해도 누가 신경이나 썼겠어).

난 영상을 뒤로 돌려서 다시 한 번 출연자 목록을 살폈다.

그렇지! 찰스란 이름이 보였다.

아니, 그게 아니지.

그 찰스는 이름이 아니라 성이었다. 그렇게 계속해서 출연자 목록을 살피다가 뭔가가 영상을 뒤로 돌리게끔 만들었다(왜 그랬는지는 잘 모르겠지만). 내 뇌가 놓친 것을 눈이 찾아낸 느낌이랄까.

난 출연자 목록을 다시 한 번 살폈다.

어니스트 샌더슨 박사, 마이클 리스 박사, 던컨 찰스 박사(스탠퍼드 대학 바닷물이 연구소).

던컨 찰스?

찰스 던컨?

척 던컨?

척 던커크?

두구두구두구…… 분명 카바노프 선생님을 안 닮았다는 건 증명됐다.

율체신 선생님이 말했다.

"6분 남았다! 특히, 너, 시릴 매킨타이어!"

난 왼손으로는 바쁜 척 널브러져 있는 종잇장들을 뒤적거리면서, 오른손으로는 던컨 찰스라는 이름으로 인터넷 검색을 했다. 엄청나게 많은 검색 결과가 나왔다. '우쿨렐레 빨리 연주하기' 세계 챔피언인 던컨 찰스는 아닐 게 분명하고, 퀴스팜시스 가을 축제의 '과자 많이 먹기' 우승자인 던컨 찰스도 아닌 것 같았지만, 장담할 순 없었다(불룩 나온 그놈의 배는 어찌 된 거야).

'대서양 바닷물이에 관한 연구: 엄청난 화제의…… 어쩌구저쩌구…… 학술논문'의 저자라고 검색된 던컨 찰스가 바로 내가 찾는 사람이라는 생각이 들었다. 그 남자가 '허위특허닷컴' 사이트에 온갖 글들을 올린 사람과 동일인일지도 모른다는 생각마저 들었다. 그 사이트에는 과학적으로 쓸데없는 게시물들이 수두룩했다.

그것까지 확인할 시간은 없었다.

율체신 선생님이 내 쪽으로 오고 있었다. 바닷물이와 관련된 학술논문이 과연 더 있을까 하는 의구심이 들었다(솔직히 난 그놈의 논문 제목도 이해할 수가 없었다). 그래서 대신에 허위특허닷컴에 올라온 글들을 클릭하고 인쇄 버튼을 눌렀다. 그게 차라리 빠르겠지. 그럼 집에 가서 던컨 찰스란 사람이 뭐라고 떠들어놨는지 살펴보면 되니까.

율체신 선생님이 말했다.

"안 돼. 뭐 하는 거야, 시릴!"

"아, 선생님! 한 페이지만 인쇄하면 돼요. 제발요."

"안 돼. 이미 충분히 경고했잖아."

"진짜, 진짜 과제물에 필요해서 그래요. 네?"

"안 된다니까. 15분 후에 시작하는 아이스하키 게임을 봐야 하거든. 너 때문에 그 게임을 놓칠 순 없다. 카바노프 선생님이 과제물 내준 지가 언젠데 그래?"

무릎을 꿇은 채 소작농이 영주에게 하듯 '간청드립니다' 자세를 최대한 취하고 있을 때, 프린터에서 인쇄된 종이가 나오는 소리가 들렸다. 율체신 선생님도 그 소리를 들었다. 선생님은 눈을 부라리며 내 겨드랑이를 홱 잡아 일으켰다. 꼭 법을 집행하는 사람 같았다.

"좋아, 알았어. 저걸 가지고 당장 여기서 나가!"

"고맙습니다! 선생님은 멋진 분이에요!"

내 아부에 선생님은 피식 웃고 말았다.

"넌 골칫덩어리야, 임마."

난 인쇄물과 그림들을 챙겨 집으로 향했다.

이제 내 추리가 맞는지 확인해야 할 시간이었다.

도청

::
타인의 대화나 전화 내용을 당사자의 동의 없이 몰래 엿듣는 행위
::

하마터면 너무 늦을 뻔했다. 우리 집으로 향하는 모퉁이를 돌아서는데, 마침 던커크 씨가 막 우리 집을 나서고 있었다. 난 걸음 속도를 올렸다.

아무 생각 없이 "저기요, 던컨 씨!" 하고 부르려 하는데(과연 그 소리에 고개를 돌리는지 알고 싶었다) 그가 찻길을 뛰어 건넜다. 난 깜짝 놀랐다. 저 덩치에 어떻게 저렇게 뛸 수 있지? 도서관 앞에 서 있는 윈스턴 처칠(영국의 유명 정치가:옮긴이)의 동상이 갑자기 움직이는 걸 보는 느낌이었다.

"잠깐! 기다려!"

던커크 씨가 다소 큰 목소리로 속삭이듯 말했다. 그러더니 누군가에게 투덜대기 시작했다.

누구지? 내 눈에는 아무도 보이지 않았다.

엄마인가? 그건 아닌 것 같았다. 던커크 씨가 그런 말투로 엄마

를 부른 적은 한 번도 없었다. 던커크 씨는 엄마에겐 항상 수줍은 듯한 목소리로 말했다. 심지어 엄마 앞에서 법률에 대해 아는 척 할 때조차도 시골뜨기 티를 팍팍 냈다.

그렇다면 지금 누구랑 얘기하는 거지? 우습게도, 던커크 씨가 아는 사람이라곤 우리 가족밖에 없을 거란 생각이 들었다. 재판 때에도 던커크 씨를 찾아온 사람은 아무도 없었다. 그가 무사히 집으로 돌아오기를 바라는 사람이 아무도 없었다는 뜻이다.

누군지 한번 봐야겠어. 난 살금살금 다가가서 우리 집 앞에 방치된 지 2년쯤 된 쓰레기통 뒤에 몸을 웅크리고 앉았다. 몸을 숨기기에 최적의 장소는 아니었지만, 어쨌든 내 시야에서 가장 가까운 곳에 있는 엄폐물이었다. 던커크 씨가 내 시야를 가로막고 있는 데다, 그가 말하는 소리도 잘 들을 수 없었지만, 그가 목을 잔뜩 빼고 팔을 이리저리 휘두르는 걸 보면 뭔가에 잔뜩 화가 난 듯했다.

길 건너편의 우편함 뒤로 가면 좀 더 잘 볼 수 있을 것 같아서 길을 건너려는 찰나, 갑자기 던커크 씨가 그곳을 떠나려고 몸을 돌렸다. 이번엔 크고 분명한 목소리가 들렸다.

"알았써. 걱정 말라니까. 그때 보자구!"

난 거북이가 등껍질 속으로 머리를 집어넣듯, 쓰레기통 뒤로 급히 머리를 숨겼다. 그리고 잠시 후 던커크 씨랑 얘기한 사람이 누구인지 훔쳐볼 수 있었다.

진즉에 알아차렸어야 했다.

그 사람은 바로,

비프 푸저였다.

협박

::
해를 끼칠 의도를 가지고 남을 위협하는 행위
::

    난 쓰레기통에 등을 바짝 기댄 채 숨을 몰아쉬었다.(어휴, 바보! 냄새 죽이는군!) 정말 이상했다. 뭣 때문에 던커크 씨가 비프 아저씨랑 얘길 나눈 걸까? 싸웠나? 그놈의 질투심 때문에 아직도 싸우는 거야?
    그럴 수도 있겠다. 던커크 씨는 잠자는 시간 빼곤 여전히 엄마랑 시간을 보내고 있으니 말이다. 하지만 질투심 때문이라면, 던커크 씨는 왜 비프 아저씨한테 나중에 다시 만나자고 했을까? 내가 보기에 두 사람은 그런 감정싸움으로 나중에 다시 만나 따지고 할 사람들이 아닌데 말이지.
    나중에 둘이 정식으로 한바탕 결투라도 벌이자는 얘긴가? 그것도 이상한 노릇이지만, 그게 차라리 남자답게 깔끔하긴 할 테지. 정말 그렇다면야 나도 당연히 지켜보러 가주지. 핏츠모한테 같이 가자고 하면, 그 녀석도 분명 따라나설 거야.

도대체 무슨 일이 벌어졌는지 따져볼 여유가 없었다.

엄마가 집에서 뛰어나왔다.

"척! 척! 휴! 아직 여기 있었네요. 서류 놓고 갔어요. 시릴이 아직 안 와서 기다리러 나올 생각을 안 했다면 모를 뻔…… 시릴?! 너 지금 쓰레기통 뒤에서 뭐 하고 있는 거니? 거기 얼마나 오래 있었어? 뭐 하는 거야? 누굴 염탐이라도 하는 거니, 뭐니?"

이럴 때 여지없이 날 배신하지 않는 사람이 있다면, 바로 그건 엄마다. 내가 어찌어찌해서 곤란한 지경에서 빠져나오면, 엄마는 늘 날 더 깊은 궁지로 몰아넣는다.

난 속으로 가능한 변명거리를 찾았다. 그러다 가장 좋은 변명거리를 찾았다. 궁색하기 짝이 없긴 하지만, 지금 찬밥 더운밥 가릴 때야? 난 다리를 절룩거리는 시늉을 하고, 한 손으로는 한쪽 눈을 가리면서 이렇게 말했다.

"아, 그게요…… 미끄러져서 뭔가에 부딪쳤나 봐요. 기절했었는지 아무것도 생각이 안 나요. 그래서 그런가. 아무것도 못 듣고, 아무것도 못 봤어요. 누군지도요. 진짜예요."

엄마가 고개를 뒤로 젖히더니 말했다.

"아, 그래? 나더러 그 말을 믿으라 이거지? 뭐? 넌 엄마가 왕년에 소년원 출신이란 거 몰라?"

브라보, 역시 엄마답네요. 아주 말씀 잘하셨네요. 동네방네 소문이라도 내지 그래요?

"엄마한테 사기 치지 말랬지. 말도 안 되는 소리 집어치워. 뭔 꿍꿍이야!"

"앤디, 내가 이래라 저래라 하고 싶진 않지만……"

던커크 씨가 잇몸을 자랑스럽게 보이면서 끼어들었다.

"아드님이 어젯밤부터 계속 몸이 아픈가 보네요. 내가 좀 살펴봐도 되겠써요? 이래봬도 응급처치 교육을 받았꺼든요."

엄마는 고개를 끄덕이곤 TV에 나오는 의사 같은 표정으로 날 쳐다봤다. 던커크 씨가 마지막으로 구조 작업을 벌인 사람이 시체 보관소로 갔는데도, 엄마는 그런 건 개의치 않는 것 같았다.

던커크 씨는 내 어깨를 잡고 돌려 서로 얼굴이 마주 보게 만들었다. 그러곤 식탁 위의 접시들을 떨어뜨리지 않고 식탁보를 잡아 빼듯, 내 아래쪽 눈꺼풀을 확 잡아 내렸다.

"동공은 괜찮아 보이는구나. 뇌진탕 걱정은 안 해도 되겠써."

그는 두 손으로 내 머리의 양쪽을 잡더니 꾹 눌렀다. 양쪽 귀가 가운데에서 서로 만날 것만 같았다.

"골절된 곳도 없는 것 같고."

그는 두 손으로 내 머리통을 더듬으며 말했다.

"어디 혹이라도 났는지 보자…… 희한하네. 넘어졌쓸 땐 보통 혹이 나곤 하는데 말이지."

그는 내 머리카락을 쓸어 올렸다가 헝클였다.

"재쑤가 좋은 것 갓구나."

엄마는 그제야 하마터면 나한테 큰일이 날 뻔했다는 걸 깨달은 모양이었다. 엄마는 두 팔로 내 목을 감싸면서 말했다.

"오, 시릴!"

그다지 심각한 건 아님을 깨닫자 엄마는 내 손에 있던 서류 뭉치를 홱 빼앗았다. 그 바람에 서류들이 땅 위에 흩어졌다. 앞니가 빠지고 휘갈기듯 그려진 턱수염의 던컨 찰스 그림이 우릴 올려다보았다. 난 그림을 발로 툭 찼다.

던커크 씨가 물었다.

"그게 뭐냐?"

"아무것도 아녜요. 그냥 제 과제물예요."

엄마가 물었다.

"아무것도 아니라고? 누굴 바보로 아니? 아무것도 아니라니! 이건 고등학생들도 쉽게 만들지 못할 최고의 과제물이 될 거야! 내 말이 틀림없다니까요, 척. 정말 대단한 탐사보도물이 될 거라구요!"

내가 이 과제물을 위해 어떻게 자료를 찾았는지 언급할 단계는 아니었다. 왠지, 던커크 씨는 이 자료들을 찾은 것에 대해 전혀 기뻐할 것 같지 않았다.

난 말했다.

"이제 그만 좀 하실래요?"

그러곤 몸을 굽혀 땅 위에 떨어진 것들을 주웠다.

"이런. 조심해야지, 시릴. 내가 해줄게. 몸을 그렇게 갑자기 움직이면 안 돼. 그러다 또 쓰러지면 어쩌려구."

엄마는 몸을 낮춰 흩어진 종이들을 주워 서류철에 끼워 넣었다. 그러곤 던커크 씨를 보며 말했다.

"이제 들어가야겠어요, 척. 시릴을 푹 재워야겠어요. 몸이 더 나빠질까 봐 걱정이네요."

엄마는 던커크 씨에게 서류를 넘겨주고 내 어깨에 팔을 둘렀다. 난 몸을 빼지 않았다. 나를 꼭 잡아줄 수 있는 사람은 엄마뿐이라는 생각이 들었다.

던커크 씨가 말했다.

"그게 좋겠써요, 앤디. 나 같아도 아드님을 잘 돌볼 거예요. 조씸하지 않으면 큰코다칠지도 모르니까."

사기꾼

::
가짜 이름, 또는 신분으로 위장하고 다른 사람을 속이는 사람
::

난 침대에 그냥 누워 있었다. 잠을 잘 수가 없었다. 좀처럼 진정이 되질 않았다. 마음속으로 똑같은 질문을 되풀이하고 있었다. 척 던커크가 던컨 찰스일까? 그렇게 유명한 과학자였다면, 지금은 왜 경비원 일을 하고 있는 거지? 그리고 어째서 어니스트 샌더슨 박사를 안다고 아무에게도 얘기하지 않은 거지?

던커크 씨는 자기가 샌더슨 박사를 알고 있다는 사실조차 모르는 걸까? 교통사고를 크게 당해서 이가 다 빠지고 뇌에도 손상을 입은 걸까? 기억상실증이 생겨서 자기가 어떤 사람인지 모를 수도 있잖아. 얼마든지 있을 수 있는 일이다.

어쩌면, 최근에 내가 너무 이상한 영화를 많이 봐서 그런지도 모르겠다.

그림들이 땅에 떨어졌을 때, 던커크 씨도 그걸 봤을까? 봤다고 한들 무슨 차이가 있나?

그는 왜 비프 아저씨랑 만나 얘기하고 있었을까? 그게 나랑 무슨 상관이지? 던커크 씨가 비프 아저씨한테 우리 집 근처를 그만 좀 얼쩡거리라고 말했을 수도 있는데. 그렇다면 우릴 도와주려고 한 거잖아.

아니야, 그건 좀 비약이다. 던커크 씨는 그렇게 누굴 도와주거나 할 사람이 아니니까.

하지만 아직 과제물을 마무리해야 할 일이 남아 있었다. 그게 바로 내가 진짜로 신경 써야 할 일이었다. 난 휴식이 필요했다. 골치 아픈 것들을 잊을 필요가 있었다.

난 스스로에게 잠을 자야 한다고 주문을 걸었다. 머릿속으론 섀넌도어 씨가 나한테 입맞춤을 하던 장면을 떠올리려 애썼다. 메리 맥아이작을 떠올리기도 해봤다. 최고의 경기장에서 스케이트보드를 타고 있는 내 모습, 그리고 메리랑 섀넌도어 씨가 옆에서 환호하고 있는 모습을 상상하려 해봤다.

그래도 머릿속은 온통 '척 던커크'라는 사람 생각으로 꽉 차 있었다.

에라.

난 불을 켜고 서류를 꺼냈다. 인터넷을 뒤져 출력한 이 종잇장들을 살피다 보면, 얽히고설킨 것들을 풀어줄 단서를 찾을 수 있을지도 모른다.

난 서류철을 펼치고, 서류들을 살폈다. 모두 깔끔하게 손으로 직접 쓴 글씨들.

무고죄 소송을 위한 전략

그걸 보고도 별다른 감정의 동요가 없었던 걸 보면, 그때 난 진짜, 진짜 피곤하긴 했었나 보다. 그저, '흠. 이게 뭐지?' 하는 생각만 들 뿐, 그게 뭔지 몰랐다. 난 서류들을 더 뒤적거리면서 '사진을 어디 뒀더라?' 하며 찾고만 있었다. 그러다가 갑자기, 피가 거꾸로 도는 느낌이 들었다. 너무도 차가운 탄산음료가 내 혈관을 돌고 있는 것만 같았다. 그 피가 머리 쪽으로 솟구치는 걸 느낄 수 있었다. 온몸에 소름이 돋았다.

엄마가 몸을 굽혀 내가 떨어뜨린 종이들을 주웠던 게 생각났다. 엄마는 그걸 던커크 씨한테 줬는데.

엉뚱한 걸 준 거다. 내 자료들을. 거기엔 던커크 씨의 이메일 주소도 들어 있는데. 게다가 그의 '사진'까지.

난 이제 죽었다.

난 던커크 씨한테 줘야 할 서류철을 움켜쥐고, 잠옷에 외투만 걸친 채 방 창문을 넘어 밖으로 뛰어내렸다.

탐문

::
알려지지 않은 사실이나 소식 따위를 알아내기 위해 더듬어 찾아 물음
::

비상계단 위로 뛰어내릴 때 엄청나게 큰 소리가 났다. 난 얼어붙은 듯 꼼짝하지 않았다. 다행히 엄마 방의 불은 켜지지 않았다. 아마 엄마는 다른 집 애가 집 밖으로 탈출하는 소리라고 생각했을지도 모른다.

난 나머지 계단을 펄쩍펄쩍 뛰어내려 잔뜩 쪼그린 자세로 길 위에 내려앉았다. 잠시 동안, 왠지 짜릿한 기분이 들었다. 영화 속의 영웅이라도 된 것 같았다. 왠지 누군가 이런 모습을 봤을 것 같은 기분에 취해 스스로 우쭐했다가, 아래쪽을 내려다보니 잠옷이 스니커즈 속에 말려들어가 있었다. 아, 확 깨네.

난 제임스 본드도 아니고, 빈 디젤도 아니다. 난 시릴 플로이드 매킨타이어일 뿐이고, 진짜, 완전, 엄청 초대박 곤경에 빠져 허우적거리고 있을 뿐이다.

겨드랑이가 흠뻑 젖은 걸로 봐서, 덩커크 씨의 집까지 혼신의

힘을 다해 달렸던 것 같은데, 사실 기억이 나질 않았다. 내 몸이 마치 내비게이션에 연결된 것만 같았다. 저 혼자 알아서 갈 길을 간 것 같았다. 가는 동안 내 머릿속은 온통 던커크 씨 집에 도착해서 뭐라고 말해야 할지에 대한 생각으로 가득했으니까. 밤 11시에 불쑥 집 앞에 나타나서 도대체 무슨 말을 해야 하지? 이미 그 서류철을 봐버렸으면 어쩌지? 그럼 뭐라고 말해야 할까?

"그건 제 것이 아녜요. 친구 거예요. 실수로 잘못 가져왔나 봐요."

아니면,

"어라? 이빨 빠진 그 사진이 아저씨를 닮았다고 생각하셨어요? 와, 난 생각도 못했네!"

아니면(현재로선 최선인 듯하지만), "골치 아파 죽겠으니 그냥 날 죽이세요"라고 할까?

던커크 씨가 사는 아파트의 1층 현관문은 여전히 문 밑에 받침대가 괴인 채 열려 있었다. 그걸 어떻게 보느냐에 따라, 난 정말 운이 좋을 수도 있고 혹은 정반대일 수도 있었다. 난 못 본 걸로 하기로 했다. 그리고 미끄러지듯 아래층으로 내려가서 던커크 씨의 집 문을 두드렸다. 던커크 씨가 문을 열기 전에 뭔가 뾰족한 수를 찾아내야만 했다.

난 잠자코 기다렸다. 아무 기척이 없었다.

난 다시 노크를 했다. 달리 빠져나갈 구석이 없었다. 서류를 다시 되찾는 수밖에.

"던커크 씨!"

난 약간 큰 소리로 속삭였다. 역시 아무 기척이 없었다.

문을 좀 더 세게 두드렸다. 더 큰 소리로 속삭였다.

"아저씨! 저예요! 시릴요!"

그러곤 두 번 더 문을 세게 두드렸다.

이번엔 어떤 소리가 들렸다. 옆집 문이 활짝 열리면서 주름이 자글자글한 할머니가 분홍색 잠옷을 입은 채로 나오더니, 헤어고대기를 흔들면서 말했다.

"조용히 좀 해! 넌 잠도 안 자냐? 경찰을 부를까 보다. 그 집에 아무도 없는 거 몰라? 도대체 무슨 일인데 그러냐?"

"죄송해요. 죄송합니다."

난 그렇게 말하고 뒷걸음치며 밖으로 나왔다. 말썽을 피우고 싶진 않았다. 몸집이 작은 할머니였지만, 어쨌든 손에 무기를 들고 있었으니까.

밖으로 나오자, 잠시 시원한 기분이 들었다. 이런, 젠장. 난 최선을 다했어! 여기까지 찾아왔고, 노크도 하고, 불러도 봤어. 하지만 던커크 씨가 집에 없는데, 내가 뭘 어떻게 더 하냐구.

난 집을 향해 걷기 시작했다. 마음속으론 애써 '룰루~랄라~'를 외치고 있었지만, 내 몸은 계속해서 떨리고 있었다.

비겁한 놈.

그래, 어쩔래? 그래, 나 비겁한 놈이다. 그래도 상관없어. 비겁하든 말든, 어쨌든 아직 살아 있긴 하잖아.

찻길을 따라 걷다가 1층으로 나 있는 창문들이 지하층과 통한다는 걸 발견했다. 그렇긴 해도, 어느 창문이 던커크 씨의 집 창문인지 알아내긴 어려워 보였다.

좋아, 그래서? 뭘 어쩌자고?

글쎄.

주저할 이유가 없었다.

하지만, 난 그 자리를 떠나지 못하고 있었다. 내 말은, 보고 가도 손해 볼 건 없지 않겠냐는 뜻이다.

한편으론, 그냥 가는 게 좋을 것 같은 생각도 들었다.

난 가던 길을 계속 걸었다.

걸음을 멈췄다. 한숨이 나왔다. 두 번이나 고개를 가슴팍까지 떨구고 말았다. 결국 난 몸을 돌려 건물 쪽으로 향했다.

이 바보, 바보.

일단 저지르고 보는 거야.

던커크 씨의 집은 길가에서 두 번째 집인 듯했다. 난 무릎을 꿇고 창문 안쪽을 살폈다. 불은 모두 꺼져 있었고 커튼으로 가려져 있었으며, 틈새도 너무 좁았다. 창문 틈새가 작은 나뭇가지 하나 정도밖에 되지 않았다.

다른 사람들이라면 아마 이렇게 말했을 테지. "그럼 그렇지! 아무엇도 보이는 게 없는데 어떻게 들어가? 집에 가서 유언이나 남기시지." 하지만, 난 그러지 않았다.

 난 창문에 코를 바짝 들이대고 어떤 작전이라도 수행하듯 교묘히 머리를 움직이며 가로등 불빛이 집 안에 비치게 했다.

 탁자 위에 뭔가 보였는데, 어떤 물건의 일부분인 듯했다. 틀림없이 어떤 서류였다. 좀 더 자세히 확인할 필요가 있었다.

 방 안은 매우 어두웠다. 저게 서류야, 아니면 상자야?

 난 발끝에 힘을 주고 창문 틈으로 더 세게 얼굴을 디밀었다. 그게 바로 실수였다.

 창문이 홱 열리면서, 난 집 안으로 머리부터 고꾸라졌다.

주거침입

::
거주자 또는 관리자의 의사에 반하여 주거영역에 침입하는 행위
::

난 공중 3회전을 돌고 엄청나게 큰 소리를 내면서 바닥에 떨어지고 말았다.

"윽!!"

옆집 할머니가 벽을 쾅쾅 두드리면서 빨리 잠이나 자라고 고래고래 소리를 질러댔다. 난 바스락거리는 회색 카펫 위에 기절한 것처럼 누워, 빙빙 도는 방이 멈출 때까지 멍하니 천장을 쳐다보았다.

그 상황이면 그냥 모든 걸 포기한 채, 경찰이 도착해서 내 몸 주위에 선을 그리고 구급차에 실어주길 기다리는 게 차라리 속편하겠지만, 어쨌든 난 기를 쓰고 몸을 일으켰다.

머리 뒤쪽을 만져보니 던커크 씨의 주먹코만 한 혹이 만져졌다. 조만간 스케이트보드를 타러 가려면 헬멧에 구멍을 뚫을 수밖에 없겠다는 생각이 들기 시작했다.

스케이트보드 같은 소리 하고 앉았네. 헐! 던커크 씨한테 잡힌다면…… 여길 걸어서 나갈 수만 있어도 감지덕지겠구만.

좋아, 좋다구. 정신 차리자. 머리를 쓰라구. 여기서 나가야 할 거 아냐.

난 소파 위로 뛰어 올라가서 창문으로 손을 뻗쳐보았다. 하지만 창문까진 너무 높았다. 아파트 지하층이 아니라 지하감옥 수준이었다. 결국 문으로 나가는 수밖에 없었다.

탁자 위에 놓인 게 서류인 줄 알았는데, 그건 또 다른 피자 상자였다. 한참 동안 여기저기 뒤적거려봤지만, 도무지 이 어둠 속에서는 서류를 찾을 수 있을 것 같지 않았다. 그래서 불을 켰다.

얼핏 보니, 던커크 씨는 우리 집과 똑같이 가구를 배치해놓은 듯했다. 가운데가 축 처진 소파와 우리가 예전에 티테이블로 썼던 것과 비슷한 작은 탁자, 터진 곳을 청테이프로 여기저기 붙여놓은 가죽 소파, 그리고 의자와 한 세트인 듯한 카드 게임용 탁자도 있었다.

벽에는 여전히 어니스트 샌더슨 박사의 사진이 걸려 있었다. 또 연구실에서 찍은 리스 박사의 사진은 물론, 비키니 수영복을 입고 '미스 USA 치은염' 띠를 두르고 있는, 공책 크기의 섀넌도어 씨 사진도 걸려 있었다.

내 등에서 벌레가 기어 다니는 듯한 기분이 들었다.

난 던커크 씨가 섀넌도어 씨의 사진을 벽에 걸어놓고 있다는 사실이 싫었다. 남자들이라면 으레 그 사진을 한 장씩 가지고 있을 지도 모른다. 그리고 던커크 씨 역시 그런 수많은 팬들 중 한 사람일 수 있겠지. 하지만 싫었다. 그는 왜 그렇게 새넌도어 씨한테 관심을 갖고 있는 걸까? 복수 때문에?

고개를 돌려 방 안에 또 어떤 것들이 있는지 알아내는 게 겁이 날 정도였다. 내 사진도 있나? 시체 사진은 없나? 커다란 총을 들고 앞니가 빠진 채로 씨익 웃고 있는 던커크 씨 자신의 사진은?

침이 꼴깍 넘어갔다. 난 눈을 감아버렸다. 그러곤 몸을 돌린 뒤 억지로 눈을 떴다.

바로 눈앞에, 카드 게임용 탁자 위에 서류가 놓여 있었다.

바로 그 옆에는 최신형 노트북 컴퓨터도 놓여 있었다.

아우, 열 받아! 아니, 엄마는 누구 때문에 돈 한푼 안 받고 일하고 있고, 전력회사는 전기를 끊겠다고 매일 협박하고, 난 아직도 망할 놈의 새 스케이트보드를 꿈도 못 꾸고 있는 마당에, 자기는 이렇게 최신형 노트북을 쓴다는 게 말이 되나? 이건 아니잖아!

그냥 서류만 바꿔치기한 다음 그곳에서 서둘러 빠져나왔어야 했다. 그런데 문득 이게 무슨 서바이벌 게임도 아닌데 서두를 필요가 있나 하는 생각이 들었다.

욱하고 화가 치밀어 올랐다. 보자보자 하니까 너무하는구만. 이 사람, 완전 사기꾼에 양아치 아냐! 본때를 보여줘야겠군.

'노바스코샤 두메산골 출신의 별로 배운 것도 없는 가난한 사람'한테 이런 노트북이 왜 필요하지? 난 이유를 알아보려고 노트북 전원을 켰다.

부팅되기를 기다리는 동안, 난 집 안을 구석구석 살폈다. 던커크란 사람은 레일로더스 피자 없인 살 수 없는 사람인 모양이었다(내가 던커크 씨를 싫어하는 또 하나의 이유였다). 난 그 피자를 너무 좋아한다. 그중에서도 더블 치즈 크러스트에 하와이언 그릭 콤보 피자를 특히 좋아한다. 하지만 별로 먹어본 적은 없었다. 그런데 젠장, 여기엔 빈 상자들이 수두룩하다니.

이상한 건, 대부분의 빈 상자들이 새것처럼 보인다는 사실이었다. 깨끗했다. 기름얼룩도 전혀 없었다. 치즈 자국도 없고. 마치 상자를 만드는 공장에서 바로 가져온 것 같았다.

도대체, 이 사람 뭐지? 상자 수집이라도 하는 거야, 뭐야? 설마 피자 상자가 나중에 대단한 값어치라도 된다고 생각하는 거야?

부팅이 됐다. 날 열 받게 하는 것들이 또 있었다. 바탕화면에 포토샵, 파일 공유 프로그램, 영상 편집 프로그램 등 별의별 프로그램이 다 깔려 있었다. 물론 CD롬도 장착되어 있었다.

클릭.

기가 차군. 기가 차.

내 과제물 CD였다.

헐. 헐. 헐. 결국 범인은 던커크 씨였어. 도둑이 든 게 맞았네. 엄마 발가락찌도 이 양반이 끼고 다니는 거 아냐? 이 집 어딘가에서 『호밀밭의 파수꾼』을 찾는 것도 시간문제겠어.

시간이 지날수록 점점 더 화가 치밀었다. 무엇보다 내가 과제물을 두 번이나 만들게 한 것이 괘씸했다. 이 원수를 어떻게 갚지? 내가 꼭 대가를 치르게 해주지.

난 노트북에 저장된 파일 몇 개를 열어봤다. 샌더슨 박사의 핼리팩스 방문에 관한, 내가 모르는 이야기가 있었다. 어떤 파일은 던커크 씨가 직접 인터넷에서 내려 받은 게 분명한, 노바스코샤 외곽의 세척제 제조공장에 관한 것이었다. 그 회사의 소송 관련 기사들.

그다지 겁날 만한 얘기는 없었다.

난 인터넷 브라우저를 열고 검색 기록을 클릭했다.(이놈의 노트북은 인터넷 속도도 겁나게 빨랐다. 아, 짜증 지대로다!) 던커크 씨가 어떤 사이트들을 찾아다녔는지 궁금했다.

허위특허닷컴. 그럼 그렇지. 아싸, 한 문제 풀었고. 내가 던컨 찰스란 사람을 제대로 찾긴 했네.

또 어딜 찾아다녔나 볼까?

살벌한다이어트닷컴.

재미있는속임수닷컴.

세상의모든독물닷컴.

재치 넘치는 사이트 주소들이었지만, 죄다 흔히 볼 수 있는 것들은 아니었다. 아무래도 이 사람, 독약 같은 것에 각별한 관심이 있었군. 생각만 해도 메스꺼웠다.

난 얼른 브라우저를 닫았다. 이걸 보고도 본때를 보여주겠다는 소리가 나와? 갑자기 그런 생각이 싹 사라져버렸다. 그저 여기서 빠져나가고 싶은 생각이 간절했다. 이건 내 능력 밖의 일이 분명했다. 노트북을 그대로 놔둘 테니, 제발 목숨만은 살려주세요.

이놈의 노트북은 전원이 꺼지는 데도 더럽게 오래 걸렸다. 난 테이블 위를 손가락으로 타닥타닥 두드리며 주위를 둘러보았다. 여기저기에 메모지며 서류 같은 것들이 널려 있었는데, 유독 벽에 붙은 메모지 하나가 내 시선을 끌었다.

'더글러스(두기는 더글러스의 애칭임:옮긴이) 비프 푸저'라고 쓰여 있었는데, 던커크 씨가 직접 쓴 것이었다. 바로 그 밑에는 비프 아저씨의 전화번호와 주소(뭐라고 쓴 건지 한눈에 알아볼 수 없었다), 그리고 근무 일정이 적혀 있었다.

다른 때 같았으면 기겁을 하고도 남았겠지만, 이번엔 아니었다.

지금 중요한 건 그게 아니었다.

열쇠로 문을 여는 소리가 들렸기 때문이다.

지명수배

::
주로 위험인물 또는 실종자의 인적 사항에 대해,
법률 집행부서 간에 주고받는 정보
::

액션 영화를 보면 국제 마약범죄조직의 헬리콥터가 중심을 잃고 추락해서 폭탄이 가득 실린 트럭과 충돌하는 장면이 자주 나온다. 주인공은 보통 엄청난 폭발이 일어나는 곳에서 불과 1미터 남짓밖에 떨어져 있지 않지만, 좀처럼 당황하지 않는다. 주인공은 늘 침착하다. 주인공은 그저,

1. 고개를 돌리고
2. 불길이 몇 초 후 자기한테 올 것인지 예측하고
3. 다섯 발쯤 힘차게 걸은 다음
4. 지나가는 자동차의 밑쪽을 향해 몸을 날려서 목숨을 건진다.

식은 죽 먹기지.

지금의 상황도 그거랑 다를 게 뭐 있겠어. 차이점이 있다면, 열쇠로 문을 여는 소리를 들은 후에야 난,

1. 고개를 돌리고

2. 이제 난 죽은 목숨이라고 단정 짓고

3. 오줌 마려운 아이처럼 안절부절못하고 폴짝거리다가

4. 의자를 넘어뜨리거나 거실 바닥에 땀 한 방울 흘리는 일 없이 침실 안으로 간신히 몸을 던지는 데 성공했다는 거지.

문이 열린 건 (정말이지, 거짓말 하나 안 보태고) 0.1초 뒤였다.

던커크 씨는 기분이 좋은 듯했다. 휘파람을 불고 있었으니까. 내가 정신없이 숨느라 불 끄는 걸 깜박했는데도 눈치 못 챈 건 바로 그 때문인 듯했다. 난 문 뒤 벽에 몸을 바짝 붙여 숨은 채, 그저 던커크 씨가 침실로 들어오지 않게 해달라고 기도할 뿐이었다 (이런 꼴을 당하고 있으면 절로 신앙심이 생겨나는 모양이다).

던커크 씨가 침실 문을 열었다. 난 두려움에 하도 몸을 떤 나머지 문고리 흔들리는 소리를 내고 말았다. 던커크 씨는 그 소리 역시 눈치를 못 챘다.

뭔가 후루룩 마시는 소리, 딸깍, 딸깍, 찰싹 하는 소리와 함께 "아~" 하는 소리가 들렸다. 던커크 씨가 다시 휘파람을 불기 시작했는데, 이번에는 느낌이 달랐다. 내가 잘못 들은 게 아니라면, 이가 온전한 사람이 부는 휘파람소리였다. 그는 다시 다른 방 쪽으로 발길을 돌렸다.

이제 어쩌지? 계속 문 뒤에 숨어 있을 순 없잖아. 들키는 건 시간문제인데. 다른 숨을 곳이 필요했다.

냉장고 문이 활짝 열리는 소리가 들렸다. 냉장고 안을 들여다보고 있을 테니까 아마 이쪽은 쳐다보지 않을 거야. 난 냅다 달렸다.

난 침대 밑으로 쏙 들어갔다. '지나가는 자동차'만큼 안전하진 않겠지만, 그럭저럭 쓸 만했다. 게다가 내가 여기 숨어 있다는 건 생각조차 못할 게 뻔했다. 자기 배 아래에 있는 게 보이기나 하겠어. 자기 발을 본 지도 족히 몇 년은 된 것 같던데.

난 등을 대고 누워서 최대한 입을 벌리지 않으려 애썼다. 겁이 나서이기도 했지만, 꼭 그 때문만은 아니었다. 침대 밑은 속옷 무덤이었다. 십중팔구 던커크 씨는 이런 생각을 갖고 있지 않을까. '뭐 하러 속옷을 빨아 입어? 그냥 침대 밑에 처박아뒀다가 며칠 말리면 되지.' 안 봐도 비디오다.

속옷을 몇 벌 옆으로 치웠더니 눈앞에서 어떤 일이 벌어지는지 볼 수 있었다. 난 여기서 나가면 손을 꼭 소독해야겠다고 마음속으로 굳게 다짐했다.

속옷을 치웠는데도, 앞이 그렇게 잘 보이는 건 아니었다. 던커크 씨가 군것질거리를 먹느라 일어설 때마다 가끔씩 그의 다리가 침대 프레임 안팎을 드나들곤 했지만, 사실상 그의 무릎 위쪽을 볼 순 없었다.

던커크 씨가 내 시야를 벗어난 곳에 앉았다(침대가 끼익 소리를 냈기 때문에 그가 앉은 걸 알았다). 던커크 씨는 한동안 그대로 앉아 있었다. 이제야 눌러 앉을 모양이군. 난 다시 몸을 돌려 등을 대고 누워서 마음을 진정시키려 애썼다.

간신히 심장박동수가 1분에 1,000번 이하로 떨어지려 하는데, 그때 전화벨이 울렸다.

진정은 개뿔. 하마터면 난 매트리스를 뚫고 나갈 뻔했다. 전화벨 소리가 바로 귀 옆에서 울리는 것처럼 엄청나게 크게 울렸기 때문이다.

전화벨이 다시 울렸다.

아까보다 더 심하게 이빨이 떨리기 시작했다. 전화를 건 사람은 바로 엄마였다. 척 보면 알지. 엄마밖에 더 있을까. 엄마는 내 방에 들어갔다가 내가 사라진 걸 알고 동네방네 아는 데에 다 전화하는 중인 거지. 던커크 씨는 이렇게 말하겠지. "아뇨, 아뇨. 여기 안 왔어요." 그러다 문득, "그런데…… 좀 이상하네요" 하면서, 주위를 살피겠지. 그러다 불이 켜져 있다는 걸 깨닫겠지. 노트북 컴퓨터가 원래 놓아둔 자리에서 좀 비켜나 있다는 사실도 알게 될 테고, 〈잭과 콩나무〉의 거인처럼 쿵쿵거리며 침입자를 찾기 위해 냄새를 맡고 돌아다닐 테지.

난 이제 끝장이다.

전화벨이 다시 울렸다.

던커크 씨가 몸을 일으키자 침대가 고통스러운 비명을 질러댔다.

"알았다. 알았어. 간다. 가."

그는 수화기를 들더니 이렇게 말했다.

"네, 뭐라고?"

전화 받는 꼬라지하고는. 왜, 속담에도 이런 말이 있잖아. 좋은 이빨을 줄 순 있어도, 억지로 고운 말을 쓰게 만들지는 못한다는. "아…… 이런…… 라지야, 미디엄이야? 알았어. 준비해놓지. 늦지 마. 식으면 사람들이 불평한다구. 난 그런 불평 듣기 싫어. 그리고 한 가지 더. 그 여자 소식은 아직이야? 내가 준 전단지는 내 말대로 그 여자 집에 놔둔 거지?…… 알았어. 그럼 다른 방법을 찾아야겠군. 저지방으로 준비해야 할지도 모르겠네…… 뭐? 이번엔 뭐야?…… 내가 말했지! 내가 네 돈을 갖고 있다고 말이야!"

던커크 씨는 욕을 해대며 수화기를 쾅 내려놓았다.

뭐가 어떻게 돌아가는지 알 수 없었다. 여기서 피자가게라도 운영하는 거야, 뭐야? 듣자하니, 주문을 받는 것도 같은데. 그렇다면, 적어도 피자 상자가 수북이 쌓여 있는 건 설명이 되겠네.

일이 점점 더 이상하게 꼬여가고 있었다. 무엇보다 이해가 안 가는 건, 던커크라는 사람이 레일로더스 피자를 배후로 둘 만큼 천재인가 하는 점이었다. 도대체 이 양반은 못 하는 게 뭐야?

그가 방을 나갔다. 난 다시 숨을 쉬기 시작했다. 한참 동안은 다시 방으로 들어오지 않을 거란 생각이 들었다. 만약 던커크 씨가 피자를 만드는 게 맞다면 당장 일을 시작해야 할 테니까 말이다(피자 상자 외엔 아직 아무것도 준비된 게 없어 보이긴 했지만).

난 그가 곧장 주방 쪽으로 갈 것으로 예상했지만, 그렇지 않았다. 그는 다시 거실 쪽으로 오더니 내가 볼 수 없는 곳에 앉았다.

그렇게 한숨 돌린 채로 10분 정도 지났을까. 두어 번 뿡뿡거리는 소리가 들리고, 몸에서 나는 소리가 몇 차례 들렸지만(무슨 뜻인지 알 거다), 그뿐이었다. 치즈를 자르는 소리일 수도 있겠지만, 모짜렐라 치즈를 자르는 소리는 아니었다.

문을 두드리는 소리가 들렸다.

던커크 씨가 자리에서 일어나 문을 열어주었는데, 난 금세 레일로더스 피자 배달원이라는 걸 알아챘다. 냄새로 알 수 있었다. 난 이 방면엔 전문가다. 무슨 피자인지도 확실히 알 수 있었다. 그건 안초비(소금으로 절인 멸치:옮긴이)를 잔뜩 얹은 피자였다. 난 이 냄새를 지겹도록 맡았다. 비프 아저씨가 가장 좋아하는 피자니까. 비프 아저씨는 요리하기 귀찮을 때면 항상 그 피자를 시켜 먹었다. 개인적으론, 그게 싫었다. 그 많은 안초비를 골라내기란 정말 성가신 일이었다. 그렇게 골라내도 페퍼로니 밑에 숨어서 가엾은 내 혀를 덮칠 기회를 엿보며 매복 중인 안초비 두어 마리는 놓치기 마련이었다.

던커크 씨는 배달원한테 뭐라고 몇 마디 중얼거리더니, 다시 거실로 들어왔다. 난 그가 지갑을 가지러 오는가 보다고 생각했다. 그런데 그가 몸을 굽혀 사방에 널려 있는 피자 상자 중 하나를 여는 순간, 난 흠칫 놀랐다. 더구나 그가 커다랗고 노란 오븐용 장갑을 낀 채로 상자를 여는 모습을 보곤 더욱 놀랐다. 아니, 오븐용 장갑은 왜 낀 거지? 상자가 그렇게 뜨거울 리 없는데. 피자도 그렇게 뜨거운 건 아니잖아. 마지막으로 피자를 주문해서 먹었을 때를 떠올려봐도, 그렇게 뜨거운 채로 배달된 적은 없었던 것 같은데 말이야.

던커크 씨가 나한테 등을 보이고 있었기 때문에, 그가 무얼 하고 있는지 볼 수는 없었다. 방금 배달된 피자 상자에서 맛있고 바삭한 피자 도우가 슉- 하는 소리가 들렸다. 뭔가 이상했는데, 배달된 피자를 다시 새 상자에 넣는 것 같았다. 그는 배달된 상자를 바닥에 떨어뜨렸다. 상자는 뚜껑이 열린 채, 속이 비어 있었다.

던커크 씨는 다시 현관으로 가더니 투덜거리기 시작했다.

"아니! 그렇게 말고! 조심해! 손이 어디에 닿는지 잘 보란 말이야! 상자도 조심해서 다루고!"

나 같으면 확 들이받고 싶었을 거다. 그깟 피자 갖고 되게 유세 떠네! 던커크 씨가 하는 짓으로 봐선, 자기가 무슨 피카소라도 되는 양 대단한 작품을 만든 것처럼 굴었다.

던커크 씨는 배달원을 손으로 쿡 찌르더니 현관문을 쾅 닫고 걸쇠를 걸어 잠갔다.

도대체 뭐가 어떻게 돌아가는 거야? 피자를 왜 다시 배달원한테 돌려보냈지? 상자는 뭣 때문에 바꿨지? 그렇게 깔끔 떠는 사람은 분명 아닌데 말이야.

그는 다시 방 안으로 들어와서 침대 바로 옆에 섰다. 말했잖아, 발톱만 봐도 전혀 깔끔 떠는 사람이 아니라니까. 강아지 발톱이 훨씬 깨끗하겠네.

기지개를 켜는 소리가 들렸다. 그리고 하품하는 소리가 들렸다. 그는 잠시 뭔가 주섬주섬 찾았다. 그러더니 그의 셔츠가 바닥에 떨어졌다. 끙 하는 소리와 지퍼를 여닫는 소리가 들렸고, 몸을 좌우로 실룩거리더니 바지가 그의 다리 아래로 떨어졌다. 그는 바지에서 발을 뺐다.

다음 순서가 뭔지는 뻔했다. 난 마음의 준비를 하고 있었다.

예상대로, 그는 속옷을 벗어던지더니 발끝으로 툭 차서 침대 밑으로 밀어 넣었다. 미끄러져 들어온 속옷에는 아직 미지근한 체온이 남아 있었고, 내 얼굴 바로 앞에서 멈췄다. 만약 혀라도 내밀고 있었더라면(당연히 그럴 리 없었지만) 바로 닿았을 거다. 그 순간 내 머릿속에는 오직 선페스트균 생각뿐이었다.

던커크 씨는 슈퍼맨 망토를 입고 잔뜩 들떠 있는 일곱 살짜리 애처럼 폴짝 침대 위로 뛰어들었다. 매트리스는 힘없이 항복할 수밖에 없었고 자연히 나도 바닥에서 옴짝달싹할 수 없었다. 그 엄청난 압력 때문에 내 뼈마디가 우두둑 하는 소리를 그가 듣지 못했다는 사실이 놀라울 따름이었다.

악몽이 현실이 되고 있었다.

이제껏 얻은 정보로 알아낸 것은, 던커크 씨는 알몸으로 잠을 잔다는 사실이었다.

검사

::
형법상 정부를 대신하여, 범죄 혐의가 있는 사람을 상대로
죄를 추궁하고 재판을 벌이는 사람
::

    침대 밑에서 옴짝달싹못하고 있을 때의 좋은 점은 생각할 시간이 생긴다는 거다. 전혀 딴 짓을 할 수 없기 때문이다. 난 손가락 하나 꼼짝하기도 힘들었다. 그 탓에 손톱을 물어뜯을 수 없었다. 숨도 크게 쉴 수 없었다.(그래도 내 폐는 정상적으로 작동하고 있었다. 그의 속옷 냄새를 계속 맡아야 한다는 게 두려웠을 뿐.)
    갑자기 몇몇 생각들이 분명하게 정리되었다. 특히, 위생의 중요성은 말할 것도 없고.
    척 던커크는 분명 던컨 찰스와 동일인이다. 그는 샌더슨 박사가 누구인지 알고 있었다.
    그도 과학자이기에, 인화성 물질을 불 속에 던지면 어떤 결과가 발생하는지 알고 있었다.
    즉, 그 사건은 우연한 사고가 아니란 뜻이다. 착한 사마리아인이 순간적으로 판단 착오를 일으켜 생긴 사고가 아니라는 거다.

던커크 씨는 계획적으로 샌더슨 박사를 살해한 거다.

그런데 왜? 그게 바로 내가 알아내야 할 일이지.

던커크 씨가 몸을 뒤척이자 내 몸의 뼈들이 한 줌의 시리얼처럼 산산조각 나는 것만 같았다. 이럴 줄 알았으면, 진즉에 우유나 실컷 먹어둘걸.

대학 연구실에서 찍은 비디오 영상이 머릿속에 떠올랐다.

혹시, 명성 때문이었을까? 그걸 원했던 거야? 그는 샌더슨 박사 혼자서 온갖 명성을 독차지하는 것에 심사가 뒤틀렸을 거다. 그 대단한 글리모치노가 히트 치기 전에도 마찬가지였을 거고. 정말, 기가 막히지 않아? 이 양반이 그렇게 같잖은 홍보 영상물에서조차 샌더슨 박사의 방송 분량을 시기한 나머지 곳곳에서 불쑥불쑥 얼굴을 디밀었다는 게. 그깟 영상을 누가 얼마나 본다고.

그렇다면, 정말 슬픈 일이 아닐까?

그깟 묵은 질투심이 던커크란 사람을 미치광이로 만들었다는 거야? 정말 그런 걸까?

아이구야.

소름 끼친다.

이참에 난 다른 사람이 내 것보다 좋은 스케이트보드나 옷을 가졌다고 시기하거나, 평범한 엄마를 가진 애들을 절대 시샘하지 않기로 다짐했다. 던커크 씨에게 생긴 일이 나한테는 일어나지 않기를 빌었다. 나 20년쯤 후의 내 모습을 머릿속에 그려봤다. 털북

숭이에 이빨이 다 빠지고, 여전히 심술보는 빵빵한 얼굴로 켄달한테 다가가서 오랜만이라고 인사를 건네면 녀석은 "누구세요?" 하는 식이겠지? 내 말은, 다른 사람들도 마찬가지로 던커크 씨를 20년 정도 못 봤다면 그렇지 않겠냐는 거다. 척 던커크와 찰스 던컨이란 사람은 얼핏 봐서는 전혀 닮은 구석이 없으니 말이다.

순간 어떤 생각이 머리를 스치고 지나갔다.

만약 내가 손을 움직일 수 있었다면, 이마를 탁 쳤을지도 모른다.

에라, 그걸 말이라고! 누군가를 죽일 생각이었다면, 어느 누가 남의 눈에 띄길 바라겠어? 당연히 던커크 씨도 던컨과 다른 사람으로 보이게끔 한 거라구! 이빨이 없는 것도 다 그런 이유 때문인 거야. 자기 모습을 송두리째 바꾸고, 머리카락은 물론 턱수염을 길게 기르고, 몸무게를 늘린 것도 다 그런 이유 때문이지. 내 CD를 훔친 것도 이유가 있는 거야. 내가 자기에 대해 뭔가 알아냈다고 생각한 게 틀림없어.

앞뒤 정황이 딱 들어맞고 있었다.

사람들 앞에서 그렇게 수줍은 듯 모습을 드러내지 않으려 했던 것도 그래서였어. 그는 절대 순진한 사람이 아니라(이젠 놀랍지도 않다) 매사를 철두철미하게 계획하는 사람이었던 거야. 혹시라도 오래전의 연구실 동료가 어니스트 샌더슨 박사의 사망 소식을 신문에서 보고, 자신의 바뀐 모습을 알아볼 가능성에 대해서도 확실히 대비할 필요가 있었겠지.

그래서 셔츠의 후드를 뒤집어쓰고 얼굴을 가린 채, 되도록 남의 눈에 띄지 않으려 했던 거야. 쏟아지는 온갖 찬사와 격려를 사양하는 그의 모습을 보고, 사람들은 진정한 영웅의 모습이라 착각했고, 피고인의 자격이 됐을 때조차 의심의 눈초리를 보내지 않았지.

캐나다 법정 안에서는 특별한 경우를 제외하고 일체의 카메라가 허용되지 않는다는 것도 던커크 씨에겐 유리하게 작용했을 거다. 재판에 관한 언론의 보도 기사에도 사진이 아닌 스케치만 나갔다. 그런 식이라면, 설령 자기 엄마일지라도 선뜻 알아보기 힘들 거다.

하지만, 섀넌도어 씨의 경우라면…… 얘기가 좀 다르다. 그녀는 법정 안에 있었으니까. 던커크 씨라 할지라도 그곳에서는 얼굴을 숨길 수 없었을 거다. 그녀는 던커크 씨의 얼굴을 알아봤을까? 그래서 그렇게 뒷조사들을 하고 다녔던 걸까? 던커크 씨에 대해 무엇이든 알아낸 게 있기 때문일까?

그럴지도 모르지.

던커크 씨가 콧구멍 속에 문제가 있는 프랑켄슈타인처럼 드르렁거리며 코를 골기 시작했다. 난 그저 옆집 할머니가 또다시 벽을 쾅쾅 두드려주기만을 기다리고 있었다.

아니지. 다시 생각해보니, 섀넌도어 씨가 던커크 씨를 알아봤을 것 같지는 않았다. 그 이유는 두 가지다.

첫째, 나이 차. 섀넌도어 씨는 던커크 씨가 샌더슨 박사와 함께 일했던 시절에 아마 기저귀를 차고 있었을 거다.

둘째, 그녀가 던커크 씨를 알아봤더라면, 재판의 내용이 완전히 달라졌을 수도 있다. 만일 그랬다면 섀넌도어 씨는 검사에게 그 사실을 알렸을 거다. 그럼 검사는 뭔가 낌새를 채고 조사한 끝에 던커크 씨와 샌더슨 박사 사이의 관계에서 뭔가 의심쩍은 것들을 발견했을 것이고(다툼이든 채무관계든 분실된 바닷물이든 뭐든 간에), 그런 증거들을 근거로 배심원들을 상대로 던커크 씨에게 살인 동기가 있었음을 주장했을 거다.

던커크 씨가 샌더슨 박사를 살해할 동기를 갖고 있었다면, 즉 계획적으로 살인할 목적을 갖고 있었다면, 던커크 씨는 과실치사로 기소되지 않았을 거다. 살인 혐의를 받았겠지.

좋아. 그렇다면, 현재 섀넌도어 씨는 어디까지 알고 있는 걸까?

그녀는 뭔가 알고 있다. 적어도, 수상쩍게 생각하는 부분이 있는 거다. 그게 뭘까?

내가 주운 메모지. 거기에 뭐라고 쓰여 있었더라? 솔직히 말하면, 내가 처음 메모지를 발견했을 땐 그녀가 뭘 조사했는지보다 그녀의 향수 냄새가 뭘까 하는 생각을 더 했었던 것 같다.

난 그 메모지에 뭐가 적혀 있었는지 기억해내려 애썼다. 인화성 물질, 소화기, 이메일, 그리고…… 또 뭐가 있었더라?

잘 생각해보라구. 기억나는 게 또 없어?

금발머리. 푸른 눈. 환한 미소.

퍽이나 도움이 되겠다.

즉결재판소. 그래, 즉결재판소라고 적혀 있었지. 확실해.

이유가 뭐지?

즉결재판소가 뭐 어떻다는 건데?

비프 아저씨!

비프 아저씨가 즉결재판소에서 샌더슨 박사를 만났나? 그런 거야? 샌더슨 박사는 스프링가든 로드에서 과속 딱지를 수두룩하게 뗐었지. 그렇다면, 샌더슨 박사가 즉결재판소에 출두했을 때, 비프 아저씨가 근무를 하고 있었단 얘긴가?

어쩌면 그게 비프 아저씨와 던커크 씨 사이의 어떤 연결고리가 될 수도 있겠군!

비프 아저씨가 던커크 씨에게 샌더슨 박사가 왔다는 걸 알려준 걸까? 그럼, 비프 아저씨가 던커크 씨를 위해 샌더슨 박사를 감시하고 있었단 얘기가 되네? 일을 쉽게 하려고 말이지.

그런데 비프 아저씨는 우리 집은 왜 감시한 거야?

마지막으로 저녁을 같이 먹었던 날을 돌이켜보니, 비프 아저씨와 던커크 씨 사이에 이상한 광경이 있었지. 그땐 그게 웃어넘길 일이었지만, 지금 생각해보니 전혀 그런 게 아니었다.

두 사람은 처음부터 그렇게 함께 동조하고 있었던 거야! 그렇게 생각하니 갑자기 피가 솟구치기 시작했다. 이제 내 머리는 하나의 거대한 핏방울이 진동하는 것만 같았다.

너무 잔인해. 정말 비열하군. 비프 아저씨는 엄마를 사랑하지 않았어! 좋아하기라도 했나 모르겠네. 순전히 엄마를 이용했을 뿐이야. 법원에서 우연히 엄마를 봤겠지. 엄마가 박애주의적인 일이라면 아무도 못 말릴 정도로 달려드는 소위 '꼴통'이라는 것도 익히 들었을 테고. 가난해서 이러지도 저러지도 못하는 사람들(말하자면, 배우지 못한 경비원 같은 사람)의 소송이라면, 묻지도 따지지도 않고 선뜻 맡을 사람이라는 것도 틀림없이 들었을 거다.

난 처음으로 돌아가, 우리가 던커크 씨가 살인 혐의로 기소됐다는 신문 기사를 봤을 때를 떠올렸다. 그 기사를 우리가 어떻게 알게 됐더라? 비프 아저씨가 신문을 식탁 위에 올려놨었지? 그러곤 쓱 우리 쪽으로 밀어놨고. 그게 다 계획적인 거였네?

그건 그렇고, 두 사람은 왜 엄마가 그 기사를 보고 심각해지길 바랐던 걸까?

도대체 무슨 내용이었길래, 그토록 '이성적인' 변호사인 우리 엄마를 깜짝 놀라게 만들었던 걸까?

그건 잘 모르겠다. 정확히 기억나지 않고, 생각하기도 싫다. 난 그저 미치도록 화가 날 뿐이었다. 두 사람을 박살내고 싶었다.

무엇보다 비프 아저씨를 박살내고 싶었다. 그는 엄마한테 상처를 줬다. 엄마를 가슴 아프게 만들었다. 모든 게 계획적이었다! 상대가 얼마나 덩치가 크든 아니든, '법을 집행하는 공무원'이든 아니든 상관없었다. 중요한 건, 그 사람 때문에 우리 엄마가 엉망이 됐다는 거다. 나쁜 놈.

던커크 씨가 갑자기 침대에서 몸을 벌떡 일으키는 바람에 내 몸이 바닥에 짜부러지는 줄 알았다. 불이 켜지고, 그가 끙 하는 소리를 내며 기지개를 켰다. 그는 내 머리가 있는 쪽으로 세게 몸을 기울이더니, 침대를 버팀목으로 팔굽혀펴기를 하기 시작했다(내 얼굴을 버팀목으로 팔굽혀펴기를 했다면, 내 얼굴은 쥐포처럼 됐을 거다).

얼마 후 그는 거실을 이리저리 돌아다니다가 어떤 방 안으로 들어가더니 문을 닫았다. 이내 물 흐르는 소리가 들렸다.

욕실에 들어간 거야! 지금이 기회다. 난 침대 밑에서 스르륵 빠져나와 순식간에 문 쪽으로 갔다. 문고리에 손을 댔을 때, 서류 생각이 났다. 던커크 씨가 욕실에서 콧노래를 흥얼거리는 소리가 들렸다. 난 살금살금 카드 게임용 탁자로 가서 서류를 바꿔치기했다.

집까지 가는 길을 반쯤 가서야 난 한숨 돌릴 수 있었다.

스토킹

::
타인의 안전을 위협하는 일체의 반복적인 행동
::

집에 도착했을 때, 엄마는 세상모르고 잠을 자고 있었다. 내가 집을 나간 것도 모르고 있다니.

그렇지만, 비프 아저씨는 아니었다. 내가 몰래 창문 밖을 내다보니, 아저씨는 또 거기에 있었다. 어둠 속에서 움직이는 그의 모습이 보였다.

딱 걸렸어!

난 전화기를 들고 경찰서에 신고했다.

"우리 집 근처에 스토커가 얼쩡거려요."

얼마 후 경찰이 나타났다. 비프 아저씨가 뭐라 뭐라 항변했지만, 경찰은 그의 등 뒤로 수갑을 채웠다. 경찰차 안에 태워지기 직전, 그가 창문을 올려다봤다.

난 그에게 엄지손가락을 치켜올렸다.

한 명은 처리했고, 이제 한 명 남았군.

특허

::
어떤 물건을 발명한 사람에게 국가가 발급하는 공적 서류. 특허권을 취득한 사람은 국가 내에서 발명품의 제조, 사용 및 판매 등에 대한 독점적 권리를 보호받는다.
::

다음날 아침, 난 엄마한테 몸이 너무 아파서 학교에 못 가겠다고 말했다. 평소 같으면 아프다는 걸 증명하기 위해 폐에 구멍을 내든가 한쪽 다리를 자르든가 해야겠지만, 이번엔 엄마가 순순히 속아 넘어갔다. 그만큼 내 상태가 안 좋아 보이긴 한 모양이었다. 죽을 고비를 넘겼더니 너무 쉽네그려.

엄마가 출근하자마자, 난 움직이기 시작했다. 청바지 주머니에 넣어뒀던 섀넌도어 씨의 메모지를 확인하곤, 집 안을 쥐 잡듯 뒤져 점심 한 끼를 해결할 만큼의 동전을 찾아낸 뒤(요즘엔 주방에서조차 먹을 걸 찾기가 힘들었다), 도서관을 향해 달려갔다.

섀넌도어 씨는 매일 도서관에 온다고 말했었지. 난 그 말이 정말이길 바랐다. 그녀를 만나 할 얘기가 있었다.

게임을 하는 사람들, 노숙자들, 독서클럽 노인 회원들. 늘 보는 얼굴들이 수두룩했지만, 섀넌도어 씨만은 보이지 않았다.

난 사서 선생님한테 그녀가 왔었는지 물었다. 사서 선생님은 내가 자신의 구역을 침범하고 있다는 듯 눈을 흘기긴 했지만, 결국 말을 해줬다.

"방금 갔다. 스프링가든 로드에서 약속이 있다던데. 빨리 가면 만날 수……."

사서 선생님이 "있을 거야"라고 말할 때쯤, 난 벌써 문을 나서고 있었다.

왼쪽은 법원으로 가는 길이고, 오른쪽은 어디든 갈 수 있는 길이었다.

난 오른쪽 길을 택했다. 저만치 앞에 그녀의 금발머리에 햇살이 쨍하고 비치는 것이 언뜻 보였다. 난 슬금슬금 시내로 향하는 사람들을 헤치며 그녀 쪽으로 다가갔다.

퀸스트리트에서 신호등이 바뀌는 바람에 잠시 지체했지만, 다행히 그녀와의 거리는 그리 멀지 않았다. 아무튼 서둘러야만 했다.

"섀넌도어 씨!"

난 고함을 질렀지만, 그녀는 계속 길을 걷고 있었다. 내가 부르는 소리를 듣기나 했는지 모르겠다.

난 다시 한 번 "섀넌도어 씨!" 하며 있는 목청을 다해서 소리 질렀다. 이번엔 들었는지 그녀가 몸을 돌렸다. 그녀는 머리를 살짝 기울이더니 야간 경기장의 조명처럼 밝은 미소를 지었다. 그러곤 가던 길을 멈추고 나를 기다렸다.

그녀는 무척 기분 나쁘다는 듯한 표정을 지으며 말했다.

"그런데 말이야, 내 이름은 어떻게 알았니?"

"아······."

아, 맞다. 그 생각을 못했네. 그러고 보니, 서로 이름을 가르쳐 준 적도 없잖아. 그녀에게 난 도서관에서 우연히 만난 아이일 뿐일 텐데 말이야.

다시 생각해보니, 난 "신문에서 보고 알았어요" 식의 대답을 했어야 했다.

내가 그녀에 대해 뭔가 알고 있다고 의심쩍은 눈초리로 볼까 봐 마구 걱정됐다. 이것저것 앞뒤를 맞춰보면 결국 내가 앤디라는 변호사의 아들이라는 걸 알게 될지도 모른다. 그럼 나한테 더 이상 아무 말도 하지 않겠지. 내가 자기편이라는 것도 믿지 않을 테고.

난 당황해서 어찌해야 할지 몰랐다. 그저 입을 벌린 채 멍하니 서서, 어떤 대답을 해야 나 같은 애가 그녀 이름을 알고 있다는 사실이 아무렇지도 않을지 머리를 쥐어짰다. 이럴 땐 한 가지 방법뿐이었다.

최악의 방법이라서 문제지만.

난 어느 틈엔가 조숙한 백수 놈팡이처럼 한쪽 눈썹을 치켜올리며 이렇게 말했다.

"아줌마 이름을 알아내려고 뒷조사 좀 했어요. 아줌마가 너무 예뻐서 말예요."

보통의 경우 이런 식으로 말을 건네면 상대가 비웃을 게 뻔하지만, 그녀가 웃어주길래 난 꽤나 마음이 놓였다. 최소한 내 말이 농담이라는 걸 안다는 뜻이니까.

그녀가 말했다.

"아이고, 어쩜 이렇게 깜찍하니! 그건 그렇고, 학교도 안 가고 여기서 뭐 하는 거니?"

난 비장의 카드를 꺼냈다.

"아참…… 도서관에 이걸 빠뜨리고 가셨더라구요."

그러곤 메모지를 건넸다.

"중요한 것일지도…… 몰라서요."

난 그녀가 메모지를 펼쳐 이건 뭐고, 저건 뭐라고 하나씩 친절하게 설명해주기를 상상하고 있었다.

"와, 고마워! 이게 어디로 갔나 해서 찾고 있었거든."

그녀는 메모지를 핸드백에 집어넣더니 가던 길을 계속 걷기 시작했다.

비장의 카드가 뭐 이래. 이젠 무슨 얘기를 꺼내야 하나?

그녀는 날씨에 대해 쉼 없이 말을 늘어놓았다. 한 블록 반을 걷는 내내 속으로 '저기요…… 뭣 좀 여쭤볼 게 있는데요……'를 되풀이하고 있는데, 갑자기 그녀가 걸음을 멈추고 말했다.

"자, 만나서 즐거웠어. 난 여기로 가야 해."

안 돼, 아직은 안 돼요. 던커크 씨에 대해 얼마나 아는지 알아내야 한단 말예요.

어떻게 좀 해봐, 시릴.

어서 말이야.

지금 당장!

난 말했다.

"와, 그래요? 정말예요? 신기하다. 저도 여기 가는데."

고개를 들어 쳐다보니 '민감한 당신을 위한 뷰티 스파'라는 간판이 보였다.

그녀는 살짝 내 어깨를 치면서 말했다.

"어머, 정말? 여자들만 가는 이런 데는 우리 남편도 못 데리고 왔는데!"

여자들만 가는 곳이라고? 좋아. 이런 걸 원했던 건 아니지만, 뭐 어쩌겠어. 이제 와서 그만둘 수도 없잖아. 난 잽싸게 주변을 휙 둘러보며 혹시라도 날 본 학교 친구들이 없는지 확인했다. 그러곤 그녀를 따라 안으로 들어갔다.

건물 안은 온통 광택이 나는 순백의 것들로 치장된 멋지고 근사한 곳이었다. 사람들은 모두 제각기 그들만의 TV 쇼를 준비하는 양 일에 열중하고 있었다. 섀넌도어 씨 같은 사람한테 딱 어울리는 곳이었다.

하지만, 나한테는 아니었다.

접수직원이 말했다.

"어머, 섀넌도어 씨! 오늘은 좀 일찍 오셨네요. 편히 앉아서 기다리세요. 로렌스한테 준비하라고 전해드릴게요. 기다리는 동안, 오이즙이나 마즙, 아니면 다른 거라도 드시겠어요?"

섀넌도어 씨는 특유의 기분 좋은 몸짓으로 숨을 내쉬며 말했다.

"괜찮아요. 됐어요."

그녀는 그냥 대기실에 앉았다.

접수직원이 내 쪽으로 몸을 돌리더니 말했다.

"그럼, 꼬마 손님은 뭘 해드릴까요?"

아직 그 생각은 못했는데. 내가 바라는 건 오직 섀넌도어 씨와 좀 더 얘기를 나누는 것뿐이었다.

"커트 해주세요"라고 말하려다가 카운터에 놓인 가격표를 발견했다. 커트 비용이 60달러라니! 말도 안 돼. 내 몸에 있는 털을 다 팔아도 60달러가 안 되겠구만.

이제 어쩐다?

그렇다고 "아뇨, 아무것도 안 할 거예요"라고 말했다간 너무 쑥스러운 상황이 될 것 같았다. 게다가 섀넌도어 씨가 바로 옆에 앉아 있지 않은가.

난 패스트푸드점의 맨 앞줄에서 치킨랩 샌드위치와 스페셜 햄버거 중 어떤 걸 주문할지 고민하는 아이처럼 꼼짝 못하고 식은땀만 흘리며 서 있었다.

접수직원은 들고 있던 펜으로 목을 긁으며 당황한 모습을 보이지 않으려 애쓰고 있었다.

난 다시 한 번 가격표를 휙 훑어보았다. 내가 가진 10달러 밑으로 할 수 있는 건 단 하나밖에 없었다. 그게 뭔지는 알 바가 아니었다. 난 그걸 가리키며 말했다.

"그럼, 저걸로 할게요."

접수직원이 미소를 지으며 눈썹을 한껏 치켜올렸다. 그러곤 나한테 가까이 몸을 기울이며 속삭였다.

"그럼요. 안 될 건 없죠. 좀 기다려도 괜찮다면 그것도 로렌스한테 준비하라고 하죠."

난 섀넌도어 씨 바로 옆에 앉았다. 결단을 내릴 시간이군. 더 이상 시간을 끌어선 안 돼.

난 말했다.

"저기요, 그런데 여기서 뭘 하고 계신 거예요?"

섀넌도어 씨가 웃음을 터뜨리면서 말했다.

"스파에 와서 그런 걸 물으면 어떡하니?"

"아, 이런. 죄송해요. 그런 뜻이 아니라, 여기 핼리팩스엔 왜 오셨냐는 말예요."

그녀는 이번에도 웃으면서 말했다.

"넌 내가 이 지역 사람이 아니라는 걸 어떻게 알았니?"

그녀는 기다란 손톱으로 내 가슴을 쿡 찔렀다.

"어째 너도 꽤나 연구를 많이 한 것처럼 들리는구나!"

"아, 예. 그렇다고 할 수 있죠."

내 얼굴이 붉게 달아올랐다. 다행히, 그녀는 그런 내 모습도 귀엽다고 생각하는 모양이었다.

"그럼, 우리 남편이 누군지도 알겠구나?"

난 고개를 끄덕였다.

그녀는 미소를 지었지만 왠지 슬퍼 보였다.

"난 여기에 소송 때문에 온 거야."

"아, 맞아요…… 하지만, 진즉에 끝나지 않았나요? 그런데 왜 아직도 머무시는 거예요?"

그녀는 내 눈을 뚫어져라 바라보더니 내 손을 잡고 말했다.

"가만 있어봐. 너, 아주 매력적이다, 얘."

내 심장이 요동쳤다.

그녀는 웃음을 터뜨렸다. 나도 따라 웃기 시작했다. 그녀는 날 꼼짝 못하게 만들고 있었다.

"농담 아녜요."

"나도 농담하는 거 아냐, 귀염둥이 꼬마 아저씨! 넌 정말 매력적인 애야. 아무튼, 네 말이 맞아. 소송 때문에 내가 여기 있는 건 아니지. 내가 아직 이곳에 있는 건, 솔직히…… 뭐랄까…… 글쎄…… 왠지 이상한 냄새가 나서."

"혹시 절 말씀하시는 건 아니죠?"

내 말에 그녀는 또 웃음을 터뜨렸다.

"아니, 그게 아니라 뭔가 찜찜한 구석이 있는 것 같다는 얘기야."

"어떤 점이요?"

그녀는 입술을 실룩거리면서 말했다.

"말을 해야 하나, 말아야 하나……."

난 눈을 크게 뜨고 아무것도 모르는 척, 별다른 뜻은 없다는 듯 심드렁한 표정을 지었다.

그녀의 얼굴에 '내가 모를 줄 알고?'라고 말하는 듯한 엷은 미소가 번졌지만, 난 신경 쓰지 않았다.

그녀는 한참 동안 아무 말도 하지 않았다. 그러다 입을 뗐다.

"그 소송에 대해 좀 아는 게 있니?"

"별로요."

난 둘러댔다.

"불이 났는데 어떤 사람이 아줌마 남편을 구하려 했지만 결국 돌아가셔서 그 사람이 과실치사인지 뭔지로 고발당했다는 정도……."

그녀는 잡지를 탁자 위에 내려놓더니 길게 한숨을 내쉬었다.

"맞아, 대충 그런 얘기야. 그 사람 이름이 척 던커크든가? 남편을 죽게 만들었지만 결국 풀려났지. 내 생각에, 배심원들은 그 사람이 워낙 당황한 나머지 인화성 물질인 것도 모르고 그걸 불 속으로 집어던졌다는 판단을 한 것 같아."

"아줌마는 어떻게 생각하시는데요?"

그녀의 생각은 뜻밖이었다.

"글쎄, 처음엔 나도 너무 화가 나서 제정신이 아니었지만, 결국 마음을 가라앉혔지. 배심원들은 자신들이 알고 있는 증거들을 가지고 최선의 판결을 내렸을 거야. 정말이야. 그런 상황이라면 충분히 당황할 수 있을 것 같아. 나라도 그런 상황에 처하면 어떻게 처신할지 잘 모르겠거든. 혹시 모르지, 나도 똑같이 그렇게 했을지도……."

어라, 내가 바라는 건 이게 아닌데.

"그럼, 뭐가 찜찜하다는 거예요?"

그녀는 머리카락을 뒤로 쓸어 넘기곤 고개를 들어 잠시 천장을 올려다봤다.

"음, 그렇게 생각하면 할수록, 왜 불이 났을까 하는 생각이 먼저 들더라구. 남편이 연구하던 그 바닷물이는 불에 잘 타지 않거든. 정말이야. 만약 불에 잘 탄다면, 내가 진즉에 그것들을 태워 버렸겠지! 내가 그 작고 징그러운 것들을 얼마나 보기 싫어했는데. 남편이 그것들한테서 뭘 발견했는지는 잘 모르겠어. 분명한 건, 남편은 그것들을 연구하면서 불 같은 건 이용하지 않았을 거란 사실이야. 그럴 만한 이유도 없었고."

마치 던커크 씨도 미처 생각하지 못한 것이 있었다는 뜻으로 들렸다.

"그리고 한 가지 더. 왜 근처에 소화기가 하나도 없었냔 거야. 그 많은 소화기들은 다 어디에 있었지? 세상에, 거긴 실험실이 잖아? 실험실엔 항상 소화기를 비치해놔. 법으로도 정해져 있는 데……."

그녀는 거침없이 의문점을 지적했다.

"하지만, 그보다 더 마음에 걸리는 게 있어. 그 남자가 불 속에 던진 바로 그 파워파우더. 그 남자는 그걸 복도 청소하는 데 사용하고 있었지. 이해가 안 되는 게 바로 그거야. 아니, 왜 대학에서 아직도 그런 걸 쓰고 있어? 그걸 만든 회사는 벌써 몇 년 전에 망했단 말이야. 왜 망했는지 아니? 바로 툭하면 폭발해서 그런 거라구!"

그녀는 손으로 입을 막고 잠시 몸을 돌렸다.

이쯤에서 얘기를 그만둬야 했는지도 모르지만, 난 그럴 수 없었다. 이 사건이 어떻게 돌아가고 있는지 알아낼 수 있는 절호의 기회였기 때문이다. 난 이게 우리 두 사람 모두를 위한 것이라고 마음을 다독였다.

난 잠시 기다렸다가 말을 꺼냈다.

"흠, 그렇다면, 어떻게 생각하시는 거예요? 척 던커크라는 사람이 의도적으로 일을 저질렀다는 얘긴가요?"

그녀는 손톱으로 속눈썹을 톡톡 찔렀다. 이미 눈화장이 눈물에 번진 것 같았지만, 그저 평소처럼 화장을 고치는 척하고 있었다.

"아니, 그건 아냐. 그 사람은 하루하루 먹고살려고 일하는 가엾은 사람일 뿐이야. 뭐 하러 그런 짓을 했겠니?"

가슴이 무너져 내렸다. 그녀 또한 던커크 씨의 대단한 연기력에 깜박 넘어간 것 같았다.

그녀가 말을 이었다.

"두 가지 추측을 해볼 수 있어. 우선, 척 던커크라는 사람은 정말 악의 없이 남편을 구하려고 최선을 다했다는 거야. 그는 소화기를 찾지 못했고, 파워파우더를 불 속에 던지면 어떤 일이 벌어질지도 몰랐던 거야. 정말 그런 거라면, 난 대학을 상대로 소송을 걸어야겠지. 그 부분에 대해 자료를 찾아봤거든. 네 덕분에 인터넷에서 몇 가지 법률 자문을 구할 수 있었어."

그녀는 나한테 다가와서 내 손을 가볍게 두드렸다. 어쨌든 난 그녀의 얘기를 놓치지 않으려고 정신을 집중했다.

"내가 잘못 알고 있는 게 아니라면, 그 사람이 올바르게 대처하고 건물을 안전하게 지키도록 하는 건 고용주인 대학 측의 책임이야. 파워파우더를 그런 식으로 방치해둔 것도 포함해서 말이지."

그다지 도움이 되는 말은 아니었다.

"그럼, 나머지 하나는 뭐예요?"

"지금 얘기한 것과 정반대의 경우지."

그녀는 으흐흐 웃으며 으스스한 표정을 지었다.

"어처구니없는 소리로 들리리란 거 나도 알아. 내 변호사한테 얘기했더니 날 또라이 보듯 하더라구. 그럴지도 모르지 뭐. 사실 난 고등학교도 졸업 못했거든. 내가 얼마나 또라이냐 하면, 학교도 때려치우고 미인대회에 나갔다는 거 아니겠니! 정말 멍청한 짓이었지…… 아무튼, 지금 그 얘기가 중요한 건 아니고…….."

그녀는 날 바라보며 말을 이었다.

"너, 정말 내 말도 안 되는 추측을 듣고 싶니?"

난 고개를 끄덕였다.

"그래, 이 얘기는 너한테 처음으로 꺼내는 거야. 좋아, 잘 들어봐. 난 누군가 글리모치노 때문에 남편을 죽였다고 생각해. 일부러 파워파우더를 갖다 놓고 불을 질렀다는 거지."

"누가요?" 난 거듭 물었다. "왜요?"

"누구냐고? 그건 나도 잘 모르겠어. 왜냐고? 글쎄, 너무 생각이 앞선 게 아닌가 싶지만, 어쨌든 특허 보호라는 것과 관련이 있는 것 같아. 특허가 뭔지는 알지?"

물론 그게 뭔지 알지만, 그렇다고 선뜻 아는 티를 낼 수는 없었다. 그녀한테 내가 알고 있는 걸 모두 얘기할 필요는 없으니까.

"아뇨, 자세히는 몰라요."

"난 변호사가 아니라서(하하, 맞는 말이잖아. 안 그래?) 어떤 식으로 설명해야 할지 모르겠다. 특허라는 건, 내 생각인데, 어떤 사람이 뭔가 새로운 걸 발명했을 때 그걸 보호해주는 거야. 어떤 것에 대한 특허를 받았다는 얘기는, 그걸 이용해서 판매를 하거나 돈을 벌 수 있는 독점적인 권리를 보장받는다는 뜻이지. 유용한 것에 대해 특허를 받았다면, 정말 큰돈을 벌 수도 있는 거지. 우리 남편과 동료인 마이크 박사가 그랬던 것처럼 말이야. 안타까운 건, 그런 일이 생기면 사람들의 눈에 온통 돈만 보인다는 거야. 글리모치노가 제품으로 만들어지기까지 얼마나 힘든 노력이 따랐는지를 모르더라구. 남편은 나한테 이빨이 빠지는 부작용이 없고 미백 효과가 있는 글리모치노를 완성하려면 몇 년쯤 더 걸린다고 말했었거든.”

난 던커크 씨의 잇몸만 남은 모습을 연상하며 말했다.

“조심하지 않으면 큰코다치겠네요.”

하나둘씩 아귀가 맞아 들어가는 것 같았다.

섀넌도어 씨는 결국 접수직원에게 오이즙을 갖다 달라고 말했다. 그러곤 계속 말을 이어갔다.

“아무튼, 남편은 몇 년 동안이나 어떤 사람한테서 협박 전화와 편지를 받았는데, 그 사람은 자기가 진짜 글리모치노를 발명한 사람이고 남편은 먼저 특허를 신청한 것뿐이라고 주장했지. 남편은 그런 일로 내가 걱정하는 걸 싫어했지만, 난 남편이 여기 핼리팩스에서 그 사람과 마주친 적이 있다는 걸 알아.”

“정말요? 어디에서요?”

난 그녀가 어디라고 말할지 이미 알고 있었다.

"남편은 운전할 때 과속을 하는 문제가 좀 있었지……."

그녀는 아차 하는 표정을 지으며 웃음을 터뜨렸다.

"남편은 건강 문제에 좀 집착하는 경향이 있었어. 패스트푸드는 입도 대지 않았지만, 잘나가는 차는 얼마나 좋아하는지! 아무튼, 기어이 즉결재판소에 갈 일을 만들고 말았지. 집으로 돌아갈 땐, 뭐랄까, 정말 초조해하는 빛이 역력하더라구. 난 단순히 판사 때문에 화가 난 줄로만 알았지 뭐야. 하지만, 그게 아니었어. 어떤 남자가 남편한테 접근해서 위협조로 말을 걸었다는 사실을 나중에야 알게 됐지. 난 그 사람이 틀림없다고 생각했어. 협박 편지를 보낸 그 남자 말이야. 만약, 남편이 즉결재판소에 출석할 걸 그 사람이 미리 알았다면, 남편이 연구실에서 혼자라는 것도 알았을 게 틀림없어."

빠져버린 치아. 허위특허닷컴. 즉결재판소. 모든 게 딱 들어맞는군.

그녀는 자기 손을 내려다보며 결혼반지를 만지작거렸다.

"남편이 얼마나 곤란한 상황에 있었는지 진즉에 알았더라면 좋았을걸. 그랬다면 내가 남편을 구할 수도 있지 않았을까? 그런 생각 때문에 잠도 잘 오지 않더라구. 식욕도 없고. 난 정말 한심한 사람이야."

눈물을 참느라고 그녀의 얼굴이 일그러졌다.

"아줌마는 한심한 사람이 아녜요."

그건 진심이었다. 그저 듣기 좋으라고 한 말이 아니었다. 그녀는 분명 한심한 사람이 아니다. 예쁘고, 친절하고, 게다가 똑똑하다. 어느 누구도 진실을 밝혀내진 못했잖아. 난 분명히 그녀가 진실을 밝혀낼 거라고 믿었다.

"착하기도 하지. 그이만큼이나 다정한 거 같아."

그녀가 내 손을 꼭 쥐며 눈물을 훌쩍거리고 있을 때, 로렌스라는 사람이 들어왔다.

"조금 있다 올까요?"

당근이지.

섀넌도어 씨는 고개를 저었다.

"아뇨, 아뇨. 괜찮아요. 별 얘기 아니었어요."

로렌스가 말했다.

"섀넌도어 씨의 페이셜 트리트먼트는 조금 시간이 걸릴 거예요. 같이 오신 꼬마 친구 분을 먼저 해드려도 괜찮을까요? 입술 주변 제모는 금방 끝나거든요. 이 친구 같은 솜털은 더 그렇죠."

유익성

::

본래 어휘(Cui bono)의 뜻은 '누구에게 이익이 돌아가는가?'. 어떤 범죄 행위의 결과로서, 그 범죄를 저지른 개인 또는 집단에게 이익이 발생할 수 있을 때 사용되는 말.

::

이후의 두어 시간 동안, 난 던커크 씨보다 로렌스라는 사람을 감옥에 보낼 수 있는 방법에 더 관심이 많았다. 아니, 도대체 어떤 가학적인 미치광이가 이런 걸 제모한다는 발상을 했지? 펄펄 끓는 밀랍을 얼굴(그것도 대부분 입술 위)에 부은 다음, 그걸 찢듯이 떼어내곤 그 대가가 10달러라고? 이딴 걸 생각해낸 사람은 분명 사악한 천재임에 틀림없다.

당신은 나중에 손을 봐주지, 로렌스 씨. 당장은, 던커크 씨에 대해 밝혀내야 할 게 있거든.

이제 던커크 씨가 사건의 배후에 있다는 사실은 분명해졌다. 모든 것이 착착 들어맞는다는 뜻이다. 던커크 씨는 어니스트 샌더슨 박사, 마이크 리스 박사와 함께 일했다. 그들 중 한 명이 글리모치노의 최초 발상자였고. 혹시 알아? 그게 바로 던커크 씨일지? 그는 이빨도 다 빠졌는데 말이지.

일이 어찌 됐든 간에, 샌더슨 박사와 리스 박사는 특허 등록을 끝냈고, 부자가 됐다. 던커크 씨는 심사가 뒤틀렸겠지. 몇 년이 지나고, 던커크 씨는 어찌어찌해서 샌더슨 박사와 연구실에 단둘이 있는 기회를 만들 수 있었다. 손에는 파워파우더를 들고 말이야. 그게 폭발성이 있다는 것도 익히 알고 있었다. 그는 그걸 불 속으로 집어 던졌고, 그 바람에 엄청난 사고가 발생한 것처럼 보이게 만들 수 있었다.

확실한 건, 이젠 경찰에 신고를 해야 한다는 사실이었다.

게다가 내가 남의 집에 침입하고, 물건을 뒤지고, 남의 인터넷 검색 기록을 뒤졌다는 것도 자백해야 한다는 사실이었다.

안 돼, 그럴 순 없지. 내가 원하는 건 던커크 씨지, 내가 아니라구.

그건 그렇고, 과연 내가 던커크 씨의 짓이라는 걸 증명할 증거를 가지고 있긴 한 거야? 진짜 증거가 있냐구? 모든 정황증거가 착착 맞아떨어지긴 하지만, 그래서 뭘 어떻게 할 건데? 생각해보면 세상일이란 게 다 그렇게 맞아떨어지는 거 아니겠어? 이런 걸로 유죄임을 증명하기엔 뭔가 부족하단 말이지. 지문이라도 채취했다면 모를까. 혈흔 분석이나 목격자 증언이 있는 것도 아니잖아. 기껏해야 제법 그럴싸한 추측밖에 더 있냐구.

문제는, 일반적으로 판사들이 그깟 추측을 받아들일 만큼 친절하진 않다는 거지.

게다가 내 발목을 잡는 게 또 하나 있었다. 설령, 던커크 씨가 진짜 범인이라는 증거(충분하고도 유력한 증거일지라도)를 내가 갖고 있다 한들, 지금과 별다른 차이가 있을까 싶은 생각이 들었다. 엄마 손을 붙잡고 따라다녔던 법대 강의실에서 주워들은, 중요한 법률 원칙 하나.

바로 '기결(既決)사건'이란 거다.

내가 알고 있는 게 맞다면, 이미 버스는 떠난 거나 마찬가지다. 던커크 씨를 샌더슨 박사의 살해범으로 처벌할 근거가 없다는 뜻이다. 설령, 그의 범행이 생방송 뉴스 도중에 카메라에 잡혔다 할지라도 말이다.

난 도저히 견딜 수 없었다.

던커크 씨를 처벌할 수 없다는 생각에 난 억장이 무너져 내렸다.

수색영장

::
범죄의 증거 및 물품을 압수하기 위한 목적으로 판사가 발급하는 법원의 명령으로, 특정인 또는 장소를 강제로 수색하는 것을 허락하는 것
::

켄달은 내 계획을 마음에 들어 하지 않았지만, 어쨌든 내 생각에 맞장구를 쳐주긴 했다. 그래서 내가 이 녀석을 좋아하는 거다.
"던커크 씨가 범인이라고 확신해?"
켄달의 말에 난 고개를 끄덕이곤 비디오카메라에 CD 한 장을 집어넣었다.
"그럼, 그 사람을 잡으려면 이 방법밖엔 없단 얘기지?"
글쎄, 그건 장담 못하겠는데. 법률의 허점을 귀신같이 잘도 빠져나가는 인간이라서 말이지. 어쨌든 내가 할 수 있는 최선의 방법은 이것뿐이었다. 난 다시 한 번 고개를 끄덕였다.
"그래, 확실해. 그 인간을 다시 법정에 세울 순 없어. 아툴라 아줌마한테도 전화해서 물어봤어."
켄달의 눈이 머리에서 튀어나올 것처럼 동그래졌다.
"아툴라 아줌마한테 네 계획을 말했단 말이야?! 게다가, 아줌마

가 그렇게 하라든?"

난 코웃음을 치며 말했다.

"뭐? 당근 아니지! 내가 미쳤냐! 그딴 걸 뭐 하러 말하겠냐? 난 그냥 새빨간 거짓말만 하는 미치광이 살인자에 대한 보고서를 학교에 내야 한다는 식으로 둘러서 말했어. 그런 상황이면 기결사건의 원칙이 효력이 있냐고 물어봤지. 아줌마 말은, 그렇다는 거야. 이론적으론 말이야."

켄달은 어깨를 으쓱하더니 말했다.

"쩝, 그럼 방법이 없는 거네."

물론, 방법이 있긴 하다. 경찰에 신고한 다음, 열다섯 살짜리 애들이 하는 말을 경찰이 믿어주길 바라는 방법이지. 재수가 좋으면, 내가 그놈의 '증거'들을 던커크 씨 집에 몰래 들어가서 수집했다는 사실을 모른 척해줄지도 모르지.

그냥 이쯤에서 포기하면 그만일지도 몰라. "세상일이란 게, 다 그렇고 그런 거지 뭐" 하면서 싹 잊어버리면 될지도 몰라. 그럴 시간에 차라리 다른 일을 하는 게 나을지도.

하지만 난 그럴 수 없었다. 척 던커크라는 사람이 살인죄를 짓고도 멀쩡히 돌아다니게 놓아둘 순 없었다. 할 수만 있다면 그를 붙잡아야 했다.

"맞아. 하지만 언젠 우리한테 방법이 있었냐? 그러니까 내가 하자는 대로 할 거야, 말 거야?"

내 말에 켄달은 두 손을 들더니, 마음대로 하라는 듯한 몸짓을 취했다.

난 떨지 않으려 애썼다. 켄달 녀석처럼 침착하려 애썼다. 난 전화기를 들고 던커크 씨에게 전화를 걸었다. 그러곤 내 과제물 비디오를 다시 한 번 보여주고 싶은데 잠깐 집에 들러도 괜찮은지 물었다. 그의 조언이 필요하다면서 말이다. 실제로, 난 그에게 물어보고 싶은 게 몇 가지 있었으니까.

던커크 씨는 다른 때와는 달리 무척이나 반기는 기색이었다. 놀랄 일도 아니지. 척척박사 대접을 받는 게 그렇게나 좋을까.

하긴 자기도 나한테 꼭 물어보고 싶은 게 있는 건 마찬가지였을 테니.

가명

::
가짜 이름
::

"와, 이런. 리모델링이라도 하셨나 봐요."

집 안은 티끌 하나 없이 깨끗했다. 그 많던 피자 상자는 죄다 재활용 분리수거를 위해 치워버린 모양이었다. 그의 동료들 사진들 역시 모두 어딘가에 처박아놓은 듯했다. 노트북 컴퓨터도 보이지 않았다. 이제야 정말 경비원이 사는 집처럼 보였다. 경찰에 신고해봤자 이 상태론 경찰이 아무것도 찾아내지 못할 게 뻔했다.

던커크 씨가 미소를 지으며 반겼다. 흠, 잇몸은 아직 리모델링이 안 됐군.

"어서 와라. 배 안 고프냐? 마침 피자 씨켜서 먹고 있썼는데, 출출하면 한 조각 먹으려무나."

마지막으로 피자를 먹은 게 언제더라? 젠장, 기억도 안 나네. 그날은 이것저것 준비를 많이 해서 그런지 무척이나 배가 고팠다. 냄새만으로도 내가 제일 좋아하는 하와이언 그릭 스페셜 피자임을 알았지만, 어쨌든 난 "아뇨, 괜찮아요"라고 말했다. 내 배는 이미 골칫거리들로 꽉 차 있다구요.
"자, 그런데 무쓴 일로 찾아왔냐?"
던커크 씨는 백화점의 산타할아버지처럼 친근한 투로 물었다. 까딱하면 허허허 웃으면서 날 무릎에라도 앉히시겠네요.
"그게요. 과제물이 거의 끝나가는데, 제가 알고 있는 게 맞는지 좀 확인하고 싶어서요. 좀 봐주실래요?"
"아이구, 물론이지. 내가 얼마나 도움이 될지 모르겠다만. 너도 알다씨피, 난 노바쓰코샤 오지 출씬의 별로 배운 것도 없는 싸람이라서 말이야."
그 말 때문에, 우리 두 사람은 서로 미소를 짓고 말았다. 그는 이제 더 이상 굳이 연기를 하려 하는 것 같지 않았다.
난 주변을 둘러보며 전기 코드를 꽂을 데가 있는지 살폈다. 창문 근처에 콘센트가 하나 있어서 거기에 비디오카메라의 코드를 꽂았다. 좋았어.
"창문을 좀 열어놔도 되겠죠? 좀 덥네요."
거짓말은 아니었다. 실제로 내 이마엔 땀방울이 맺혀 있었으니까.
던커크 씨는 웃으면서, 좋을 대로 하라고 손을 흔들었다.
우리 두 사람은 소파에 자리를 잡고 앉았다. 난 비디오카메라를 티테이블 위에 올려놓고, 둘이 같이 볼 수 있도록 뷰파인더를 좌우로 조정했다. 던커크 씨가 내 곁에 지나치게 가까이 붙었지만, 나로선 별수 없었다.

"준비되셨어요?"

"틀어봐."

재생시킨 영상은 그가 전에 봤던 것과는 좀 다른 버전이었다. 맨 처음, 제목이 보였다.

'샌더슨 박사를 죽인 냉혈한, 척 던커크(혹은 던컨 찰스)'

살인미수

::
의도적으로 또는 무분별하게 타인의 목숨을 빼앗으려고 시도하는 행위
::

난 짜증이 났다. 이걸 만든답시고 정말이지 고생했는데, 던커크 씨는 영상을 보는 둥 마는 둥 했기 때문이다. 하지만 그가 이름을 바꾸고 샌더슨 박사를 쫓아 노바스코샤까지 오는 대목에 이르렀을 때, 난데없이 던커크 씨가 나한테 달려들었다(난 그가 그렇게 민첩한 사람인지 미처 몰랐다).

순간 난 당황했다. 내가 준비한 덫에 걸리려면 아직 시간이 좀 남았다고 봤는데.

그는 손으로 내 목 언저리를 누르면서 내 머리를 바닥으로 세게 밀쳤다. 그의 손을 떨쳐내려 해봤지만, 턱도 없는 짓이었다.

그 순간, 난 켄달한테 신호를 보내는 걸 깜박했다는 사실을 깨달았다.

아, 대박.

가망이 없어 보였다. 천사들의 목소리가 들리는 것 같았다. 계

획했던 내 인생(특히 어른으로 살아보는 것을 포함해서)을 살 수 없을 거란 생각이 들었다.

섀넌도어 씨의 영웅이 될 수도 없겠구나. 그토록 소원했던, 키 170센티미터를 넘겨보지도 못하고 죽겠구나. 엄마의 끔찍한 고객들 중 한 사람의 손에 이렇게 지저분한 지하실 바닥에서 죽는구나. 어젯밤에 던커크 씨 집을 염탐하다 떨어졌을 때 생긴 혹은 지금 이 사람이 만들어준 혹에 비하면 새발의 피처럼 보일 게 분명했다. 하얀 빛줄기가 이젠 정말로, 날 인도할 준비를 하는 것만 같았다.

아, 그래. 이렇게 모든 것이 허무하게 끝나진 않을 거야. 어찌 됐든, 우린 최소한 던커크 씨의 살인 혐의를 입증할 수 있을 테니까.

날 살인한 혐의가 추가되는 게 너무 가슴 아픈 일이긴 하지만. 잠시 동안이지만, 나 스스로 고귀한 존재라는 느낌이 들었다. 뭐랄까, 이런 거야말로 진정한 희생정신이 아니냔 얘기지. 우리 학교에 조기가 게양된 영상을 보여주면서, 에바 잭슨 기자가 뉴스 속보를 전하는 모습이 떠올랐다.

가슴이 무너져 내린 우리 엄마가 내 무덤가에서 눈물을 흘리는 장면이 떠올랐을 때, 하마터면 좋아 죽을 뻔했다. 그때, 갑자기 모든 생각이 뒤바뀌었다.

미친 듯이 화가 치밀었다! 아니, 내가 왜 여기서 이렇게 죽어야 하지? 이런 소송이니 뭐니 하는 것들에 날 밀어 넣은 사람은 바로 엄마잖아. 난 이딴 게 싫었어. 한 번도 좋아한 적이 없었다구. 난 그저 스케이트보드를 타고 싶었을 뿐인데. 친구들하고 빈둥빈둥 놀면서 말이지. 엄마가 그렇게 기를 쓰고 날 나이 어린 법학도니 뭐니 하는 걸로 만들려 하지만 않았다면, 지금처럼 내 머리통이 바닥에서 뭉개지고 있진 않았을 거 아니냐고!

이건 다 엄마 때문이야.

엄마 잘못이라구.

늘 그랬듯이.

정의니 뭐니, 이따위 것 때문에 열다섯 살의 창창한 나이에 인생을 마감할 순 없지.

싸워야 해. 여기서 포기하면 안 돼.

난 있는 힘을 다해 저항했다. 그렇다고 슈퍼맨처럼 괴력이 생긴 건 아니었지만, 그것만으로도 충분했다. 던커크 씨의 엄지손가락을 1~2밀리미터쯤 젖히는 데 성공했으니까.

막혔던 호흡기가 열렸다. 난 흡 하는 소리와 함께 숨을 들이쉬곤, 그의 눈을 똑바로 쳐다보면서 진작부터 하려 했던 말을 꺼냈다.

"이건 기결사건이라구요."

일사부재리

::
어떤 사건에 대하여 일단 판결이 내려지고 그것이 확정되면
그 사건을 다시 소송으로 심리·재판하지 않는다는 원칙
::

난 세 번이나 켁켁 소리를 냈지만, 어쨌든 효과는 있었다. 던커크 씨가 내 목을 조르던 손을 풀었다. 난 던커크 씨가 그런 말을 그냥 휙 넘길 사람이 아니라는 걸 알고 있었다.

"뭐라구?"

난 손으로 목을 문지르면서, 호흡기관이 모두 정상인지 확인하기 위해 두어 번 더 숨을 들이쉬었다.

"기-결-사-건. '이미 결정이 된 판결'이란 뜻이죠."

"그게 뭐 어떻단 거야?"

그는 으르렁거리듯 말하면서, 다시 내 목을 움켜잡았다.

난 우선 손으로 목을 가렸다.

"다시 말하면, 처벌을 받지 않는다는 뜻이에요."

그는 마치 내가 길거리에서 훔친 시계를 파는 사람이라도 되는 양, 날 위아래로 훑어보았다. 내 말을 믿지 못하고 있었다.

"정말이라니까요. 아주 중요한 법률 원칙 중 하나예요. 한 가지 사건으로 두 번 재판할 수 없다는 거죠."

던커크 씨는 정말로 날 목 졸라 죽일 작정이었던 것 같다(비슷한 표정을 전에 엄마한테서 본 적이 있다). 하지만 내가 계속 설명하자 간신히 이성을 되찾아갔다.

"일사부재리(一事不再理)라는 말 아세요?"

그가 정말로 아는지 모르는지는 알 길이 없었지만, 어쨌든 그는 고개를 끄덕였다. 설령 모른대도 순순히 그걸 인정할 사람이 아니지. 특히 상대가 나처럼 눈엣가시 같은 꼬마라면 더더욱.

"같은 뜻이에요. 만약 아저씨가 재판을 받고 무죄 판결을 받았다면, 새로운 증거가 나온다 하더라도 같은 혐의로 두 번 재판을 받게 할 순 없다는 거죠. 정말로 샌더슨 박사를 죽인 게 맞다 해도 말예요. 당신은 자유의 몸이라고요, 처키 아저씨!"

그는 어이가 없다는 듯 껄껄대며 웃었다.

"틀렸어. 판결이 나면 대부분 항소를 하기 마련이거든."

난 벌떡 일어섰다.

"저 좀 놓아주실래요? 다리가 마비될 것 같거든요."

그는 한 발짝 물러섰지만, 여전히 거리를 가까이 유지한 채 여차하면 날 덮칠 태세였다.

"항소하고는 좀 다르죠."

뭐라고 설명해야 그 차이점을 콕 집어낼 수 있을지 자신이 없었다. 법률 강의를 들은 지 하도 오래돼서 말이지. 난 아툴라 아줌마가 설명해준 걸 기억해내려 애썼다.

"재판에서 판사나 배심원단, 변호사가 법률적 오류를 범하면 그에 따른 항소를 제기할 수 있죠. 하지만, 아저씨 재판에선 그런 게 없었어요. 어느 쪽도 법률적 오류를 범하진 않았거든요. 배심원들은 제출된 증거만을 토대로 아저씨한테 무죄라는 판결을 내렸어요. 물론, 실제론 유죄가 맞지만 말예요."

난 그가 팔을 뒤로 빼서 날 내려칠 거라고 짐작하곤, 뭔가 만회할 만한 말을 입에 올렸다.

"제 말은, 아저씨는 정말 천재라는 거예요! 모두들 완전히 속아 넘어갔잖아요. 아저씨는 샌더슨 박사를 살해했는데도 몸에 상처 하나 없이 풀려났죠. 정말 대단해요, 던컨 아저씨! 이런, 죄송해요. 던컨이라고 불러도 되죠? 그게 진짜 이름이잖아요. 맞죠? 던컨 찰스?"

그의 얼굴에 서서히 미소가 번졌다.

"그래. 던컨이라고 불러도 돼. 우리 엄마는 날 늘 그렇게 불렀지."

난 그의 등을 토닥였다.

"축하드려요. 솔직히 말하는 거예요. 샌더슨 박사가 아저씨의 글리모치노 아이디어를 훔친 것에 대한 복수를 제대로 하신……."

던커크 씨는 킁킁대듯 웃으며 말했다.

"말이야 바른 말이지. 그 아이디어는 원래 내 거야. 안 그래?"

난 이제 가장 중요한 순간을 앞두고 있었다. 장담할 순 없지만, 어쨌든 시도는 해봐야겠지.

"듣고 싶은 게 있어요. 그냥 궁금해서 그런데요. 어니스트 샌더슨 박사를 죽이는 게 마이크 리스 박사를 죽이는 것보다 더 기분 좋았나요? 제 말은, 이를테면, 훨씬 후련했다든가, 뭐 그런……."

던커크 씨는 고민을 하는 듯했다.

"음, 그랬지. 마이크를 죽이는 건 너무 쉬운 일이었어. 마이크에겐 씩탐 같은 게 있었거든. 음식에 독을 타는 것쯤은 씩은 죽 먹이였지. 그의 머핀에 매일 조금씩 독을 뿌렸더니 두 달쯤 뒤에 죽더라구. 하지만, 어니(어니스트의 애칭:옮긴이)는 먹는 것에 무척 까다로웠지. 말끝마다 '패쓰트푸드가 싸람 잡는다'고 했을 정도니까. 난 제발 좀 그랬으면 좋겠다고 쌩각했지. 그랬다면, 일이 훨씬 더 쑤월했을지도 모르지. 한 번에 둘 다 없쌜 쑤도 있었을 테니까."

난 아깝다는 듯한 표정을 지어 보이려 애썼다.

그는 머리를 가로저으며 어깨를 들썩였다.

"그렇게 어니는 부자가 됐고, 난 근처에도 가기 힘들었지. 협박도 해봤는데 쏘용이 없더라구. 쌔로운 방법을 찾아야 했지. 결국, 어니를 제거하기까지는 몇 년이라는 씨간이 걸린 거야. 골 때리게도, 결과적으론 그게 더 즐겁더라구. 뭔가 매듭을 지은 것만 같았지. 꾹꾹 참고 기다리면써 계획을 쎄웠던 쑤많은 씨간들이 그만한 가치가……."
"우와, 대단해요, 아저씨. 도처에 흩어져 있는 미치광이 살인마들에게도 영감을 줄 만한 얘기네요. 아무튼, 한바탕 저지른 살인 행각은 이제 끝난 거죠? 결국엔 마음이 편해지셨어요?"
"그래." 그는 고개를 끄덕였다. "그런 쎔이지."
"이젠 다시 틀니를 끼우고 다닐 날만 기다리시겠네요?"
그는 웃으면서 말했다.
"그걸 말이라고 하냐? 플래밍고 씩당에 가써 거기 있는 고기를 죄다 먹어치우고 씊을 지경이구만. 거기 음씩이 그렇게 쌈박하다며!"
"아, 맞아요. 끝내주죠."
난 가보기라도 한 것처럼 그렇게 말했다. 우리도 마음만 먹으면 그런 데에 얼마든지 갈 수 있다는 듯이.
난 일어나서 자리를 뜨려 했다. 더 이상의 쓸데없는 잡담은 시간 낭비였다. 이미 필요한 걸 얻었으니까.
그때 그가 내 팔을 붙잡았다.
"잠깐."
그의 얼굴은 다시 좀 전의 사악한 처키의 모습으로 변해 있었다.
"그 씨디로 뭘 하려는 거지?"
"아, 이거요?"

난 비디오카메라에서 CD를 꺼냈다.

"자요. 필요하면 가지세요. 이건 이제 쓸 데도 없어요."

그는 CD를 손에 쥐고 있었지만, 여전히 안심하는 눈치는 아니었다.

"학교에 낼 과제물인 줄 알았는데? 이걸 나한테 주면 학교엔 뭘 내려고?"

"걱정 마세요. 다른 걸 내면 돼요. 전 그냥 이걸 아저씨한테 보여드리고 싶었을 뿐이에요. 그런 건 아저씨랑 좀 닮았나 봐요. 그냥 제 생각이 맞는지 알고 싶었어요."

그제야 그의 얼굴이 누그러졌다. 그는 나한테 다가오더니 어깨를 토닥였다. 오, 이런. 우리가 이렇게 친한 사이였어?

"정말 피자 한 조각 안 먹고 갈래?"

그의 말에 난 머리를 절레절레 흔들었다. 난 켄달이 지금 이 상황을 모두 비디오카메라에 담았는지 확인하고 싶어 미칠 지경이었다.

구타

::
타인을 해할 목적의 신체적 접촉 행위. 타인에게 해를 끼쳤다 할지라도 고의적이지 않았다면
구타로 인정되지 않는다. 주먹이 오고 가는 싸움은 구타의 흔한 예이지만,
야구 게임에서 투수가 잘못 던진 공에 타자가 맞는 것은 구타가 아니다.
::

내가 밖으로 나왔을 때, 켄달은 여전히 지하실 창문 옆에 쪼그리고 앉아 있었다. 녀석은 카메라를 집어 들더니, 날 향해 환하게 웃었다. 녀석이 저렇게 좋아하는 모습이 도대체 얼마 만인지.
켄달이 말했다.
"어이, 친구! 이제 A학점은 따놓은 거나 마찬가지야!"
몇 분 동안 내 머리에 산소 공급이 끊겼던 게 그럴 만한 가치가 있었군.
"잘했어. 내가 원하는 게 바로 그거야. A학점, 그리고 던커크 씨를 25년 동안 감옥에서 살게 하는 거."
잘하면 그것 역시 가능할 것 같았다. 내 계획대로, 던커크 씨가 마이크 리스 박사를 살해한 사실을 자백하는 걸 비디오카메라로 찍었으니까. 나까지 죽이려 한 걸 보태면, 형이 몇 년 더 추가될지도 모른다.

난 정말 기분이 좋았다. 하지만 문제는 이 사실을 엄마한테 알려야 한다는 거였다. 대대적으로 준비하던 무고죄 소송 건이 나 때문에 물거품이 되어버린 걸 알면, 엄마도 그리 기쁘지만은 않겠지. 당장은 비위를 맞추는 게 좋겠다는 생각이 들었다.

난 켄달과 함께 공중전화부스로 가서 엄마한테 전화를 걸었다. 내가 아프다고 말해놓곤 집에서 사라져버린 걸 알고 엄마가 무지 화를 낼 거라고 예상했는데, 엄마는 의외로 기분이 괜찮은 듯했다.

그건 바로, 어이없게도, 먹을 것 때문이었다.

"그래, 시릴. 집으로 오는 길이지? 빨리 오는 게 좋을걸? 이게 웬일이라니? 던커크 씨가 오후에 피자를 보냈단다. 그동안 자길 도와줘서 고맙다고 말이야. 무~지무지 맛있네 이거."

엄마는 날 놀리는 걸 즐기고 있었다.

"레일로더스 스페셜 피자 알지? 냠-냠-냠. 네가 제일 좋아하는 거 말이야. 냠-냠. 듣고 있니, 시릴?"

엄마는 아주 전화기에 대고 쩝쩝대고 있었다.

"어쩜 이렇게 입에 착착 붙니 그래. 냠-냠-냠. 이러다 다 먹어 치우겠다, 얘. 한 조각이라도 먹으려면 빨리…… 젠장, 뭐야?"

갑자기 엄마가 있는 힘껏 비명을 질렀다. 수화기를 떨어뜨리는 소리가 들렸다. 그릇이 바닥에 떨어지는 소리와 의자가 넘어지는 소리, 그리고 엄마의 날카로운 비명과 어떤 남자의 목소리가 들렸다.

엄마의 변덕을 모르는 바 아니지만, 이번엔 좀 다른 것 같았다.
난 수화기를 내려놓고 부리나케 달리기 시작했다.
집으로 달려가는 내내, 내 귓전에는 던커크 씨의 목소리만이 들려왔다.
"그는 씩탐 같은 게 있었거든. 음씩에 독을 타는 것쯤은 씩은 죽 먹기였지."

정상참작사유

::
어떤 범죄 사실을 덜 중대하거나 범죄 의도가 없었던 것으로 보이게 만들 수 있는
주변 요인들로서, 보다 관대한 처벌을 기대할 수 있는 요소
::

비프 아저씨가 엄마의 머리를 옆구리에 끼고 두 팔로 꽉 죄고 있었지만, 엄마는 순순히 항복하려 하지 않았다. 엄마는 발로 아저씨를 걷어차고, 팔을 휘두르며 소리 질렀다.
"우라질, 내 피자 내놓으란 말이야!"
난 피자가 다시 엄마 손에 넘어가는 걸 원치 않았다. 하지만 비프 아저씨가 그렇게 엄마를 꽉 죄고 있는 것 역시 원치 않았다. 켄달과 난 비프 아저씨의 머리 위로 달려들었다. 그런데 엄마의 표정은, 그깟 피자 하나 때문에 우리 셋과 다투는 걸 더 걱정하는 눈치였다.
어느 틈엔가, 사이렌 소리가 울리고 경찰들이 집 안으로 쳐들어왔다. 이웃들은 무슨 일인지 알고 싶어 창문 밖으로 고개를 내밀고 있었다.
경찰들은 스웨터에 붙은 보푸라기를 떼어내기라도 하듯, 켄달

과 날 떼어냈다. 난 당연히 비프 아저씨를 체포하려고 온 줄 알았는데(비프 아저씬 스토커니까), 경찰은 아저씨 편을 들며 외투에 묻은 먼지를 털어주었다.

엄마는 비프 아저씨한테 적용될 수 있는 혐의들을 주절주절 읊어대고 있었다. 무단침입, 절도, 폭행 및 구타, 명예훼손, 평온권 방해, 반역죄……. 엄마는 그저 닥치는 대로 혐의를 갖다 붙이고 있었다.

비프 아저씨보다 계급이 높아 보이는 경찰관(훨씬 더 높은 사람인지도 모르지만)은 법원에서 엄마를 본 적이 있는 모양이었다. 그 경찰관은 이렇게 말했다.

"앤디 변호사님. 죄송한 말씀이지만, 푸저 부보안관에게 사과하셔야 할 것 같은데요. 피자 때문에 변호사님이 목숨을 잃을 뻔한 걸 지금 부보안관이 구해준 것 같거든요."

엄마는 그런 말 따위는 귓등으로 듣는 분위기였다.

"아, 그러세요? 트랜스지방 과다섭취로 인한 사망의 위험에서 구해줬다, 뭐 이런 거예요? 정말, 왜들 이러시나."

"아뇨." 내가 말했다. "엄마의 의뢰인으로부터 구해줬다고요."

.

범죄적 행위

::

본래 어휘(Actus reus)의 뜻은 '죄가 되는 행위'. 어떤 범죄행위를 유발시킨 의도보다는 실제 행해진 범죄행위를 일컫는 말.

::

기결사건. 내가 던커크 씨에게 말했던 건 사실이었다. 동일 범죄로 또다시 재판을 받게 할 수는 없다는 말.

그렇지만, 내가 생각했던 것 중 상당 부분은 오해였다.

예를 들면, 비프 아저씨의 경우. 그는 우릴 스토킹한 게 아니었다. 우리 가족을 지켜주고 있었다. 아저씨는 나보다 먼저 이 모든 음모에 대해 알고 있었던 거다.

내 예상대로, 비프 아저씨는 즉결재판소에서 던커크라는 사람을 만난 적이 있었다. 그가 근무하고 있을 때, 던커크 씨가 샌더스 박사에게 접근해 뭔가 위협을 하는 걸 목격했다.

비프 아저씨가 무슨 일인가 해서 다가가려는데, 던커크 씨는 이미 샌더슨 박사의 곁을 떠나고 있었다. 그때 비프 아저씨는 던커크 씨가 샌더슨 박사에게 하는 말을 들었다. "신경 끄시지. 자넨 당해도 싸." 샌더슨 박사는 잔뜩 겁을 먹은 얼굴을 하고 있었지만, 비프 아저씨는 별일 아니라고 생각해 신경 쓰지 않았다(아저씨는 매일 법원에서 그보다 더 심한 꼴도 숱하게 보아왔으니까). 그러곤 그냥 까맣게 잊고 있었다.

그러다가, 몇 달쯤 지나서, 우리 집에 초대를 받고 찾아온 던커크 씨를 보게 됐다. 비프 아저씨는 기억이 잘 나지 않지만 어디선가 본 듯한 얼굴이라는 생각이 들었다. 그러다가 치즈케이크를 내왔을 때 불현듯 기억이 떠올랐다. 그때 던커크 씨는 농담처럼 이렇게 말했다. "당해도 싸지." 흔히 들을 수 있는 표현은 아니었다. 그 바람에 비프 아저씨는 모든 걸 떠올릴 수 있었다. 던커크 씨가 바로 즉결재판소에서 샌더슨 박사에게 발끈 성을 냈던 남자라는 걸 기억해냈다. 그때 그 남자는 분명히 이도 멀쩡했고 제법 근사한 양복까지 입고 있었지만, 비프 아저씨의 눈을 속일 수는 없었다. 아저씨는 그때 그 남자가 바로 던커크 씨라는 사실을 확신했다.

비프 아저씨는 그때 보았던 샌더슨 박사의 표정이 생생하게 떠올랐다. 하얗게 겁에 질려 있던. 비프 아저씨는 던커크라는 사람이 결코 '착한 사마리아인'이 아니라는 사실을 알아차렸다. 아저씨는 사람들이 모두 집에 돌아갈 때까지 기다렸다가, 던커크 씨가 수상쩍다는 얘기를 엄마한테 꺼냈다.

엄마는 쉽게 받아들이질 못했다. 누가 우리 엄마 아니랄까 봐. 엄마는 비프 아저씨를 '무전유죄'라는 편견을 가진 사람들 중 한 명으로 치부해버렸다. 그러곤 아저씨를 내쫓았다.

비프 아저씨는 따로 뒷조사를 했다. 척 던커크라는 사람에 대해 깊이 파고들수록, 그를 좋게 볼 이유가 점점 사라졌다. 비프 아저씨는 인터넷도 엄청나게 많이 뒤졌다. 그 어디에서도 던커크 씨가 노바스코샤의 시골에서 자랐다는 얘기는 발견할 수 없었다.

비프 아저씨는 우리 가족이 걱정되기 시작했다. 그래서 엄마랑 내가 괜찮은지 확인하기 위해 수시로 우리 집 주변을 어슬렁거렸다. 또, 일부러 던커크 씨가 그 모습을 보게끔 만들기도 했다. 던커크 씨한테 자기가 늘 지켜보고 있다는 사실을 인식시켜주고 싶었던 거다. 그렇지만, 그 사실을 우리까지 알게 할 수는 없었다. 그랬다면 보나마나 엄마가 방방 뜰 게 분명했으니까.

비프 아저씨는 자주 피자를 주문해서 먹었는데, 문득 자기 몸이 점점 안 좋아지고 있다는 걸 알게 됐다. 아저씨는 처음엔 패스트푸드를 너무 많이 먹어서 그런 거라고 생각했다. 하지만 그게 아니었다. 아저씨는 피자를 주문할 때마다 매번 같은 배달원이 피자를 가져온다는 사실을 발견했다. 게다가 그 배달원은 아저씨가 소년원에서 말단 보안관으로 근무할 때 본 적이 있는 소년이었다. 게다가 어느 날 보니, 그 소년은 손목에 제법 근사한 시계를 차고 있었고, 이빨에는 번쩍이는 그릴즈(힙합 뮤지션들이 치아에 덧끼우는 장식용 금속 틀니:옮긴이)까지 끼우고 있었다.

비프 아저씨는 돈의 출처를 추적하기 시작했다. 알고 보니, 아저씨는 나보다 먼저 던커크 씨의 지하방 창문에 접근한 사람이었다. 그는 피자 배달원이 그 집에 드나들 때마다, 던커크 씨가 내용물을 새 피자 상자에 옮겨 담은 후 다시 보내는 걸 목격했다.

오븐용 장갑을 이상하게 생각한 것도 나와 같았다. 아저씨 역시, 배달원이 피자를 배달할 때 왜 항상 오븐용 장갑을 끼는지 의아해했다(처음엔 10대들의 유별난 유행 중 하나일지도 모른다고 생각했다). 무슨 꿍꿍이인지 알 수 없었지만, 여하튼 뭔가 수상쩍다는 생각에는 변함이 없었다.

한편, 나 역시 수상쩍은 걸 눈치 채고 있었다. 다름 아닌, 비프 아저씨를 말이다. 아저씨가 보내준 닭고기 요리 때문에 내가 앓아 누웠으니, 엄마의 발가락찌가 없어진 것도 아저씨의 짓이라고 생각할 수밖에 없었다. 그래서 난 경찰에 신고했다.

돌이켜보면, 그게 내가 한 일 중 가장 잘한 짓이었던 것 같다.

그 바람에 비프 아저씨는 살인 용의자들과 같은 감방에서 지내게 되었고, 그들과 이런저런 말을 섞게 됐다. 한 용의자는 비프 아저씨의 생각에 말문이 막힐 지경이었다. "아이고, 답답해라! 자신을 살인범이라고 가정하고 생각해보슈! 무슨 말인지 모르겠어요? 그 상자에 독이 든 거라구요!" 비프 아저씨는 처음엔 쉽게 이해가 되질 않았다. 대체 무슨 이유로 던커크 씨가 피자 상자에 독을 뿌린단 말인가. 하지만, 속칭 '과부 제조기'란 별명을 가진 디노 치숄름이란 작자는 그 의문에 대한 해답 또한 들려줬다. "피자에 직접 넣으면 맛이 이상해질 테니까요. 시간을 두고 천천히 무슨 짓을 꾸미려면, 절대 의심이 갈 만한 게 있어선 안 되죠. 난 그렇게 배웠거든요."

의문점들이 하나씩 풀리기 시작했다. 던커크 씨는 진즉에 날 독살할 수도 있었다. 하지만, 우린 자주 피자를 시킬 만큼 여유롭지 않았다. 바로 그 때문에 던커크 씨는 대신 비프 아저씨가 날 죽이려 하는 것처럼 일을 꾸민 거였다. 닭고기 요리를 보낸 사람은 바로 던커크 씨였다. 도둑이 든 것처럼 보이게 한 것도, 바로 비프 아저씨를 의심하게 하려는 수작이었다. 그 바람에 난 전혀 낌새를 채지 못했다.

다행히도, 비프 아저씨는 보석금을 내고 풀려나와 늦지 않게 엄마를 구할 수 있었다. 내가 어제 던커크 씨의 집에 침입한 이후, 던커크 씨는 배달되는 피자 상자에 독을 묻혀 서서히 죽이는 방법을 포기했다. 오늘 그가 보낸 피자에는 코뿔소라도 쓰러뜨릴 수 있는 양의 독약이 뿌려져 있었다. 던커크 씨가 최대한 빠른 시간 내에 날 없애려고 했던 건 틀림없었다. 그걸 위해서라면 나쁜 아니라 엄마까지도 죽게 할 수 있다는 건 신경도 쓰지 않았으니까.

난 엄마한테 켄달이 찍은 비디오 영상을 열 번도 넘게 보여줘야 했다. 그제야 엄마는 던커크 씨가 실은 나쁜 놈이라는 사실을 받아들였다. 엄마는 그 일로 한동안 악몽에 시달려야 했지만, 어쨌든 지금은 평정심을 되찾았다. 엄마는 현재, 가난하고 슬픔에 찬 미망인(즉, 새년도어)을 대신해서 악덕 대학교를 상대로 업무태만을 묻는 소송을 진행 중이다.

  그럼 난 어떻게 됐냐고? 물론, 과제물은 A학점을 받았지.

  우린 초대형 사이즈의 하와이언 그릭 스페셜 피자를 주문해 축하파티를 열었다. 섀넌도어 씨와 비프 아저씨가 영광스러운 주빈으로 참석한 건 물론이고.

작가의 말

고마운 친구들에게

현재 법조계에서 일하고 있는 친구들의 도움이 없었다면, 난 절대로 법률과 관련된 이런 소설을 쓰지 못했을 것이다. 캐나다 노바스코샤 주에서 부보안관(Deputy Sheriff)이 어떤 일을 하는지에 대해 조언해준 조이 데이에게 고맙다는 말을 전하고 싶다. 오랜 친구인 필 캠벨은 내게 복잡한 형사법에 대해 설명해주기 위해 휴가까지 내고 와서, 스토니레이크의 한 선창에서 이틀이나 시간을 할애해주었다.

내 남편, 어거스터스 리처드슨 3세는 끊임없이 쏟아지는 내 질문에("당신이 그걸 어떻게 알아?" 하고 따지듯 묻는 것조차) 대답해주면서도 거의 짜증을 내지 않았다. 남편이 최근에 판사로 승진할 수 있었던 건, 이래저래 나를 도와준 덕이다.

두말하면 잔소리겠지만, 혹시나 이 책에 실수가 있다면 그건 전적으로 내 책임이며, 그들의 책임은 아니라는 것을 밝힌다.

옮긴이의 말

『불량엄마 납치사건』의 업그레이드 버전?

　『불량엄마 납치사건』의 후속작을 건네받고선 전작 때보다 더 큰 호기심과 기대감이 발동하기 시작했다. 옮기기 전에 우선 죽 한번 훑어 읽어내려가면서 전편보다 더 흥미로운 소재와 사건으로 채워진 데다 완성도 또한 업그레이드되었다는 느낌을 받았다. 전작이 명랑하고 쾌활하며 적당한 긴장도를 가진 '가족영화'의 느낌이었다면, 후속작은 좀 더 스릴 있고 단순하지 않은 추리와 반전이 숨어 있는, 잘 짜인 '추리영화'를 글로 읽는 느낌이랄까.
　전작인 『불량엄마 납치사건』에서 납치범으로부터 극적으로 엄마를 구출했던 시릴과 그의 철없는(?) 엄마 앤디는 안정된 삶을 누리고 있다. 게다가 엄마에겐 부보안관인 두기 푸저라는 애인까지 생겼다. 시릴은 처음엔 그 남자를 공연히 질투하면서 별로 탐탁지 않아 했지만, 가정적이고 자상한 그의 모습에 점차 마음을 열어간다.

어느 날, 마시면 치아 미백 효과가 있는 '글리모치노'라는 커피를 발명해 부자가 된 샌더스 박사의 연구실에 원인불명의 화재가 발생한다. 당시 경비원로 있던 척이란 남자가 박사를 구하던 중 급한 마음에 파워파우더(실은 인화성 물질)를 불 속에 던지는 바람에 박사가 사망했는데, 1년 뒤 검찰은 척을 과실치사 혐의로 기소한다. 아이러니하게도 척이란 남자는 박사를 살리기 위해 노력한 점이 높이 평가되어 지역 주민들로부터 영웅 대접을 받고 있었다. 『불량엄마 납치사건』을 읽은 독자라면 익히 알겠지만, 정의감에 불타고 어려운 사람들을 돕기 좋아하는, 시릴의 엄마 앤디는 이 소식을 듣고 척의 변호사를 자청해 결국 무죄 판결을 받아낸다.

본격적인 사건은 그때부터 시작된다. 척을 처음 본 순간부터 뭔가 꺼림칙한 기분을 느낀 시릴은 재치를 발휘해서 살인을 저지르고도 멀쩡히 풀려난 범죄자를 다시 정의의 심판대에 서게 만든다. 한마디로, 생각보다 행동이 앞선 나머지 '굴욕'을 당한 엄마의 명예를 아들인 시릴이 회복시켜준다는 얘기다.

번역을 하는 동안 〈의뢰인〉이란 국내 영화가 개봉했는데, 이 소설과 소재가 비슷해서 흥미롭게 영화를 관람했다. 두 작품의 차이점이라면, 영화에선 최고의 변호사가 자신이 변호해 이끌어낸 잘못된 판결을 뒤늦게 다른 방법으로 제자리로 돌리기 위해 노력하지만, 소설에선 지나친 정의심으로 인해 냉철한 시선으로 사건을 보지 못했던 엄마의 실수를 어린 소년의 재치로 바로잡는다는 점이다.

우리가 의식하지 못하는 사이에 수많은 범죄와 그에 따른 심판과 법적 분쟁들이 일어나고 있다. 〈의뢰인〉이란 영화와 이 책에서 보듯, 잘못된 판단으로 인해 선의의 피해자들이 발생하는 경우도 종종 일어나고 있다. 그걸 볼 때마다 그게 '나'라면 어쩌지 하는 아찔한 생각마저 들게 된다. 하지만, 어쨌든 정의는 승리한다는 맹목적인 정의론자의 마음까지는 아니더라도 범죄를 저지르거나 타인에게 피해를 주면 결국엔 그 대가를 치르게 된다는 '신념'마저 없다면, 이 세상은 참으로 혼란하고 어두운 세상이 될 게 분명하다. 요즘 개그 프로그램에서도 외치지 않는가. 지켜야 할 것은 지키고 살기 때문에 아름다운 세상이라고.

이 소설이 우리가 늘 귀에 못이 박히도록 들어온 '권선징악'의 메시지를 전하려 한다고는 생각하지 않는다. 오히려 무겁고 심각한 주제 속에 톡톡 튀는 재치와 발랄함으로 현명하게 이 세상을 살아가는 방법을 귀띔해주고 있는 건 아닐까? 어렵게만 들리는 법률 용어나 상황들에 손사래만 치지 말고 이참에 현실을 이해하고, 생각과 시야를 넓히는 유익한 기회로 삼아볼 만하다.

캐나다에서 '스케이트보드를 탄 존 그리샴'으로 불린다는 비키 그랜트의 소설을 두 번째로 옮기면서 어느덧 그녀의 열혈 팬이 되고 말았다. 유쾌한 웃음이 터져 나오게 만드는, 재치 넘치는 그녀의 입담은 일단 책을 펼치면 쉽게 손을 놓지 못하게 만드는 매력을 지녔다. 독자 여러분도 그 유쾌함에 빠져보시길 바란다.

한편으론, 이미 다음 작품을 기대하고 있는 여러분의 모습이 보이지 않는가?